戲非戲008

活見鬼

雨夜妖譚

天下霸唱◎著

高寶書版集團

戲非戲　DN008

活見鬼之雨夜妖碑

作　　者：天下霸唱
總 編 輯：林秀禎
編　　輯：李國祥
校　　對：李國祥
出 版 者：英屬維京群島商高寶國際有限公司台灣分公司
　　　　　Global Group Holdings, Ltd.
地　　址：台北市內湖區洲子街88號3樓
網　　址：gobooks.com.tw
電　　話：(02) 27992788
E-mail：readers@gobooks.com.tw（讀者服務部）
　　　　　pr@gobooks.com.tw（公關諮詢部）
電　　傳：出版部(02) 27990909　行銷部（02）27993088
郵政劃撥：19394552
戶　　名：英屬維京群島商高寶國際有限公司台灣分公司
發　　行：希代多媒體書版股份有限公司/Printed in Taiwan
初版日期：2007年8月

國家圖書館出版品預行編目資料

活見鬼 / 天下霸唱著. -- 初版. -- 臺北市：
高寶國際出版：希代多媒體發行, 2007.08
　面；　公分. --（戲非戲 ; DN008）

ISBN 978-986-185-093-1（平裝）

857.7　　　　　96013602

第一幕　暴雨

阿豪神祕失蹤了三天，回來後，我和臭魚問他去哪兒了，他死活不說。我們猜他肯定沒幹好事，走的時候連聲招呼都沒打，回來以後，見我們就笑嘻嘻的，跟泡了哪個小明星、或者撿張彩票中了五百萬似的。我跟臭魚背後嘀咕，都覺得有必要要弄清阿豪失蹤之謎。

過了一星期，公司做了筆大買賣，賺了不少錢，臭魚提出來用公司的錢腐敗一回，我立刻說好。阿豪也是那種三天不腐敗腳丫子就癢的主兒，他沒想到我跟臭魚算計他，所以照舊樂呵呵地跟我們去了。

我跟臭魚使勁灌阿豪酒，沒到下半夜，他就撐不住了。後來去按摩，臭魚使眼色讓小姑娘閃一邊去，他跟我一左一右，把阿豪兩隻胳膊架起來，使勁往上擰。

阿豪殺豬樣叫喚，按摩小姐站在邊上「嗤嗤」笑，說沒見過你們這麼大年紀的男人，還跟小屁孩似的，那麼愛鬧。

臭魚和我是同鄉，他本名于勝兵。長得黑頭黑腦粗手大腳，活脫脫便似是黑魚精轉世，所以我們都稱其為臭魚；阿豪是廣東人，為人精細能說會道，他的名字「賴丘豪」很有粵派特點。我們三個人在兩年前合夥開了一家小規模的藥材公司，兄弟齊心，再加上天時地利和不錯的經商人脈，生意做得很火。

我們三個臭味相投，別看談生意時西裝筆挺，個個都跟文化人似的，其實都特別愛鬧騰，這回我跟臭魚要弄清阿豪失蹤那幾天幹了啥事，所以下手絕不容情。

「你小子要再不招，今晚就廢了你。」臭魚咬牙切齒地叫。

「都是有身分的人，別動粗行嗎？」阿豪咬緊牙關，剛開始還想撐過去，後來實在疼得受不了了，大聲叫我的名字，說：「啥時候上美人計，我都等半天了。」

從桑拿院出來，我們上了車，直奔阿豪家而去。

再狡猾的獵人也鬥不過狐狸，阿豪終於坦白，他失蹤那三天去了一個地方。這是廢話，三天時間，他肯定不會窩在家裡，究竟去了哪兒，他說讓我們看樣東西再說。我們問什麼東西這麼神祕，他說到時候就知道了。

那會兒已經下半夜了，街面上一個人都沒有。車子開得快，沒要半小時，就到了阿豪家。阿豪到臥室去，很快出來，手裡捧著一個木盒子。還沒打開，就讓臭魚一把搶了過去，阿豪叫：「你這粗人小心點，摔了我要你的命！」

臭魚不搭理他，打開盒子，看到裡頭有塊紅布，裹著一件物事。

我把那物事小心地抓起來，迎著燈看。是件青銅器，肯定沒錯，上面綠色的銅鏽斑斑駁駁的，一看就有些年頭了。形狀看著有點像大號的酒杯，上面是個容器，下面有個托兒，邊上有個把手。細看，上面碗狀容器的邊緣，還有五個猙獰的面孔。

臭魚說：「你從哪兒撿了這破爛？」

阿豪得意地笑：「這破爛擱市場上，起碼值五百萬，我找人碼過價了。」

我跟臭魚不是沒見過錢的人，五百萬，還是讓我們心跳了一下。

臭魚酸溜溜地說：「就這破爛玩意兒值五百萬，那我們老家那夜壺不是要賣一千萬？別跟我們扯鳥蛋了。」

臭魚一把搶過那青銅物件，作勢就要往地上摔。那邊的阿豪嘴裡罵一句，身子直撲過來，伸手去接。臭魚當然不會真摔，但阿豪卻真緊張了。臭魚嘻嘻笑，說：「這破爛玩意兒到底是什麼，瞧你那副德性，強姦你未來老婆，你都不會這麼緊張。」

阿豪說：「老婆被姦了可以換一個，這寶貝兒要摔了，就沒地兒再找了。」

阿豪告訴我們，這青銅物事是盞燈，有三千多年的歷史，是秦朝的古物。關於這盞燈，還有一段典故。

話說秦皇統一六國，成就不世的功業，他希望自己的江山能夠千世萬代地傳下去。但不幸的是，他的王朝只傳到了秦二世胡亥手裡便斷送了。胡亥在秦始皇的眾多兒子裡面並不是最出色的，屬於那種典型的紈褲子弟，飛揚跋扈，任意胡為。秦始皇也根本沒瞧上他，把長子扶蘇立為太子，為了磨礪扶蘇，派他和蒙恬一塊戍守北面的邊境。

後來胡亥當上了秦二世，得歸功於一個叫趙高的閹人。秦始皇最後一次東巡，胡亥與趙高都隨行。始皇病死在途中，趙高說服了當時的宰相李斯，共同篡改了秦始皇立扶蘇為帝的遺詔，把個浪蕩公子哥胡亥推上了帝位。

胡亥即位後，在咸陽殺死了自己的十二位兄弟，又在杜郵，將六個兄弟和十個姐妹碾死，刑場慘不忍睹。兄弟姐妹尚且如此，朝中不聽話的文武大臣，當然也無倖理。

阿豪手裡的這盞燈，便跟當時的一位大將軍蒙恬有關。

話說蒙恬跟太子扶蘇鎮守邊鏡，胡亥趙高篡改詔書後，首先想到的，就是要除去太子扶蘇。他們假傳詔書，逼得太子扶蘇自盡，將大將軍蒙恬投入陽周的監獄裡。胡亥有段時間不想殺死蒙恬，但趙高說當年始皇帝本來想立胡亥為太子，就是這個蒙恬從中作梗，才讓始皇改立扶蘇。胡亥大怒，當即決定賜死蒙恬。使者帶了毒酒和詔書去了陽周監獄，逼蒙恬自盡。蒙恬不肯，大叫要見胡亥，當面請他收回成命。但使者哪有這權力，一個勁讓他趕快喝了毒酒。蒙恬眼見生還無望，長嘆一聲，接過毒酒，說了自己死前唯一的要求，那就是死時不要有人在場，而且，他要點亮一盞從家鄉帶來的油燈。

蒙恬一身征戰沙場，當然也是心高氣傲之人，不想讓人看著自己死去，算是保留最後的尊嚴。在當時，人們都有死後靈魂返祖的信仰，點亮那盞家鄉帶來的燈，當然有為魂靈指路的迷信思想了。所以，那使者想了想，就同意了。

「你們知道後來發生了什麼事？」阿豪說到這裡，忽然賣了個關子。

秦二世那段歷史，中學歷史課上都講過，大將軍蒙恬死在陽周的監獄裡，書上都寫著，所以我對阿豪的關子嗤之以鼻。倒是臭魚，上學時候天天翹課泡妞調戲女老師，那點歷史知識，撒泡尿的工夫就還給老師了。

「蒙恬沒死還是跑了？」臭魚說，「這種事不稀奇，出名的人都不容易死，跟電影上一樣，借屍還魂，大家都以為他死了，其實人早溜了。李自成、徐達都這樣。」

阿豪一拍大腿，說沒錯，還是臭魚聰明，說著還衝我翻白眼。

「蒙恬還真沒死。那使者出去過了一會兒，算一下時間，蒙恬要喝了毒酒，差不多該翹辮子了，就帶人進去準備收屍。可誰知道進門一看，蒙恬沒了。要知道那是監獄，蒙恬又是重犯，那會兒雖然沒有電網、警犬，可也是戒備森嚴。剛才蒙恬還戴著大鐐在裡頭，就算他這一會兒工夫肋生雙翅，他也飛不出去啊。」

「就是就是，蒙恬哪去了？」臭魚來了興趣。

阿豪得意地笑，小心地接過臭魚手中的青銅燈，一隻手輕輕摸了兩下，跟摸漂亮女人一樣，眼裡露出特別爽的神情。

他說：「蒙恬究竟哪去了，待會兒再跟你們說。」

臭魚罵：「我日你大爺，你想憋死老子。」

我皺著眉頭假裝思索，說：「你別說蒙恬在大牢裡點亮的，就是你手上這盞燈。」

阿豪還那兒腆著臉奸笑：「沒錯兒，就是這盞，所以我說這寶貝兒拿出去，起碼值五百萬，還是咱們國內菜市場的價，要拿到國際市場上去，五千萬也沒準的事兒。」

我跟臭魚啞了半天，臭魚才罵一句：「日死你大爺，有五千萬，今晚殺人越貨也值了。」

我也說：「月黑風高夜，正是殺人時。今晚你小子要不交代這玩意兒哪裡弄來的，我們哥倆加個班，把你毀屍滅跡算了。」

「至於嗎，兄弟？」阿豪往後退，「瞧你們沒出息那小樣，五千萬就能讓你們手足相殘？本是同根生，相煎何太急。」

臭魚罵：「我媽沒生你這根蔥，生了也早按尿盆裡溺死了。」

阿豪退到牆角，我跟臭魚一左一右把他夾在中間。阿豪把青銅燈抱在懷裡，嘴裡嚷：「你們別鬧，想揍我，機會多了，你們等我把這寶貝放好再動手。」

我跟臭魚哪給他這機會，臭魚上前抱住他，我把那青銅燈搶了過來。

「你還是招了吧，打盹躲不了死，人都掉井裡去了，就靠耳朵掛著，你能掛得住嗎？」我面目猙獰地說。

阿豪無奈，說：「算你們狠，我招了還不行嗎？」

臭魚放了手，阿豪眼睛盯著我手上的燈，嘆口氣，做出一副很無奈的樣子，終於跟我們坦白，這寶貝兒，他是從一個開藥鋪的老頭那兒買來的。

阿豪還說，他只花了三千塊錢，那老頭就賣給他了。

我說：「這老頭要嘛缺心眼，要嘛就讓你忽悠傻了。」

阿豪得意地笑：「跟你們說，老頭手上還有一堆寶貝兒，我估摸著，每一件拿出來，都價值連城。」

臭魚一巴掌扇過去：「你也傻了，就沒想到替我們哥倆一人也弄一件！」

阿豪委屈地道：「我咋沒想到，我還想到把那一堆寶貝兒都整回來，可是人家老頭不賣，我當時打劫的心都有，可又怕自己打不過那老頭。」

我說：「我們仨加一塊兒能打過老頭嗎？」

阿豪嚴肅地點點頭：「我們仨能打兩老頭。」

我說：「那我就放心了。收拾傢伙，我們走吧。」

阿豪愣一下，問：「去哪兒？」

臭魚惡狠狠地瞪他一眼，沒好氣地道：「打劫老頭！」

阿豪在車上跟我們說，老頭的藥鋪在三百里外的一個荒郊野外，方圓好幾里地連戶人家都沒有，正是殺人越貨的好地方。我們在車上發著狠，說見到老頭，一定要痛下殺手，還設想了好幾套毀屍滅跡的方案來。

這些方案都是我們說著玩的，別說殺人越貨，就是打劫，我們都沒那膽兒。

這是阿豪坦白交代的第二天下午，我們開著車去那老頭的藥鋪。昨天晚上，我們其實哪兒都沒去，就在阿豪的家裡睡了一夜。醒過來時已經快中午了，吃了飯各自回去收拾一下，再集合就已經是下午三點鐘了。阿豪說時間有點晚，臭魚說晚了屁，三百公里開車去，也就三個多小時，天黑前肯定能到老頭那裡，半夜就能帶著一車寶貝滿載而歸。

車子上了路，馳出去沒多一會兒，忽然天降暴雨。

別說暴雨，就算下刀子，也阻擋不了我們發財的熱情。我們的車子在雨中疾馳。

到了滬寧段高速公路時，因為暴雨，路被封了。我們不得不開車繞道而行。說來也怪了，三月中旬竟然下這麼大的雨，天色將晚，四周都被雨霧遮蓋，能見度越來越低。但我們根本管不了這許多，不住催促阿豪把車開得再快點。

阿豪悶頭開車，半天沒說話。車子拐個彎，馳上一條泥濘的土路時，他忽然向我和臭

魚兩顆火熱的心，兜頭澆了盆冷水：「你們別高興得太早，那老頭怪得很，手上的寶貝兒雖然多，但他一般不賣。」

臭魚道：「一般不賣什麼意思？我們往他屋裡一站，他一瞅我們都不是一般人，肯定就賣了。」

阿豪道：「別臭美了，就你這德性，老頭肯定不搭理你。」

我正色道：「那要怎麼樣，老頭才肯賣他的寶貝？」

阿豪沉默了一下，這才道：「說了你們別不信，老頭有一怪癖，就是喜歡聽人講故事，但凡有人要買他的寶貝兒，他總得讓人先講一段。」

臭魚笑：「忽悠人的事兒我們擅長，不就說故事嗎，我一肚子全是黃段子，給他說上一夜也沒問題，老頭聽完，肯定不用喝匯仁腎寶了。」

阿豪道：「別打岔，老頭要聽的可是恐怖故事，越恐怖越好，最後他要是聽滿意了，一高興，丟三千兩千下來，那些寶貝兒就能由著你挑一件。」

我說：「沒問題，嚇唬人的事兒我行，以前上學那會兒，我沒事就對著女同學講鬼故事，每回都能把人嚇我懷裡去。不過好多年沒操練了，現在女的你不嚇她，她都主動往裡懷裡鑽，弄得我是英雄無用武之地。」

阿豪點頭道：「你這回就把那老頭當女同學，肯定成。」

臭魚滿臉焦急：「那我講什麼啊，我肚裡除了黃段子，沒別的故事了。兄弟一場，你們可不能不講義氣，在這危急關頭丟下我。」他臉衝著我，雙手抱拳衝我作揖，「求求你，把我當回你女同學，先嚇我一回吧。」

我喊一聲，道：「有你這麼醜的女同學嗎？往我懷裡鑽一回，我得膩歪一輩子。」

那邊的阿豪哈哈笑，道：「臭魚你施點粉黛就是如花，沒準老頭對你一見傾心，留你當藥鋪老闆娘，我們哥倆也沾光。」

臭魚罵：「我日你倆大爺，你們倆站著說話不嫌腰疼，我要買不到寶貝兒，你們一定也買不成，買到我也得把它們砸了。」

我跟阿豪一起笑，過一會兒，臭魚想起一檔子事來，對阿豪說：「你上回買那盞燈時，跟老頭講了什麼恐怖故事？跟我們講講，算是當個範文吧。」

我也說：「沒錯，阿豪你就先跟我們說說，讓我們也學習學習。」

阿豪扭捏了一會兒，可能是雨中趕路挺無聊的，所以他清清嗓子，開始跟我們講他上回在藥鋪裡說的那恐怖故事。

五鬼夜行

我有個表妹，在一家外資企業上班，收入高，人長得又漂亮，到哪兒都招男人眼球。偏偏我這表妹根本不把終身大事放在心上。那些圍著她轉、大獻殷勤的男人，無不興高采烈地來，夾著尾巴灰溜溜地走，傷透了心。後來表妹年齡漸漸大了，她對男人還是一副愛理不理的樣子，這可就有點讓家裡人著急了。家裡人沒事老勸她，有合適的就談一個吧，男大當婚、女大當嫁，這是誰都免不了俗的事情。我這表妹把家裡人的話當耳旁風，仍然成天樂呵呵地做她的單身貴族。

為了這表妹的事，姨媽沒少跟我訴苦，我聽了心裡其實挺高興的，總覺得那麼優秀的一個美人兒，跟了誰，都是讓人撿了便宜。

後來有一天，接到姨媽電話，她興奮地說表妹終於有了男朋友。

我心裡納悶，不知道誰走了狗屎運，能贏得表妹的芳心。

我問姨媽表妹的男朋友是什麼人，問之前，我想現在的小姑娘都挺現實的，表妹找的這位，要不家財萬貫是個財主家少爺，就是才高八斗的學問人。我最希望對方是個小白臉兒，仗著三寸不爛之舌，哄騙了表妹，這樣，我這當表哥的就有機會揭穿那小子的醜陋嘴臉，在表妹面前，展示一下表哥的英雄氣概了。

姨媽的話出乎我意料，他說，那男的是個演員。

「明星？」我脫口而出，「那些明星個個花裡胡哨的，表妹不會上當受騙吧？」

姨媽對那小子也不了解，所以心裡也沒底。我問那人都演過什麼電影，姨媽說他不演電影。我說演員哪有不演電影的，莫非是演話劇的？姨媽嘆口氣，說他是變魔術的。

原來表妹找的男朋友是個魔術師。

魔術，雖然有些年沒看了，但我們這歲數的人都不陌生，印象裡，小時候常碰到些走街串巷的江湖藝人，挑個擔子，隨便找個地兒吆喝擺場子，變些三星歸洞、布袋裡面變雞蛋一類的小把式。現在的魔術跟那會兒大不一樣了，舞臺搞得越來越奢華，魔術表演中還加入了更多的高科技元素，利用聲學與光影的效果，來忽悠觀眾的視覺。

魔術都是假的，所以魔術師玩的都是些騙人的把戲。所以，雖然還沒見過這位未來的表妹夫，但我對他的印象並不好，總覺得他是用變魔術那種辦法，把表妹給騙到了手。

那之後不久，我終於有機會見到這位魔術師。還是姨媽給我電話，說是表妹的男朋友明天晚上，要在市裡最大的劇場進行魔術專場演出，表妹拿回來一堆票，分給家裡的親戚朋友。姨媽還特別叮囑我一定要去，她特別在意我的看法。

第二天，我去了大劇院，特意跟表妹坐在一塊兒。表妹說她跟魔術師的相識挺簡單的，兩人一塊兒在一家餐廳吃飯，魔術師坐表妹對面，憑空變出一朵花來，遠遠地舉一下，示意要送給表妹。表妹搖搖頭，意思是嫌花太少。這種小事哪能難住魔術師，他手上的花搖了搖，立刻就變成了一大束，當時表妹還不知道他是魔術師，眼睛都看直了。

「這種魔術專場表演，可不是哪個魔術師都有機會的，這就相當於歌星的演唱會，沒有實力和人氣，肯定不行。」表妹說，話裡透著自豪。

我不說話了，心裡想原來魔術拿來泡妞這麼容易，等這位魔術師哪天成了我表妹夫，一定要跟他學幾招，專門留著泡妞用。

演出開始，臺上這位準表妹夫還真有一套，幾個節目下來，博得滿堂喝采。他最精彩的表演，就是在一個空地上，可以把任何東西給變沒了，開始是些小東西，後來東西越來越大，他都照樣蒙上塊布吹口氣，那東西就沒了。魔術都是假的，他不可能真把東西變沒了，這背後都有設計好的機關。所以，後來表妹夫魔術師在臺上請求一位觀眾上臺，配合他表演時，我毫不猶豫舉起了手。

跟表妹夫一塊兒站在臺上，我才看清他原來長得還挺英俊，就是瘦，他好像早就知道我是誰，所以還衝我使眼色，讓我放心。我沒什麼不放心的，我就是想近距離地接觸一下這位表妹夫，順便還想能猜破他魔術的機關，回去在表妹面前炫耀一下。事實上，我根本沒有機會，魔術師讓我蹲在舞臺中央，我依言做了，然後音樂起，忽然間，一塊黑布兜頭把我罩在裡面，那一瞬間，我覺得身子一顫，頭暈了一下，然後就聽到耳邊響起雷鳴般的掌聲。眼睛左右看看，我已經不在臺上了，表妹就坐在我邊上。

我根本就沒鬧明白我是怎麼回到了座位上。

我使勁拍巴掌，心裡對這位表妹夫已經佩服至極。拍完巴掌我心裡又有點嘀咕，總覺得哪兒有點不對勁。表妹嘴巴湊我耳邊，說：「厲害吧，趕明兒跟他好好學學，看上哪個美女，立刻就能變回家裡去，多好的事啊。」

我不住點頭，深感表妹真是善解人意。

接下來，表妹夫要表演另一項絕活，據說國內除了他，根本沒第二個人能做到。主持人在賣關子，我忍不住了，問表妹那絕活是什麼，表妹含笑不答，只指指臺上，示意我耐心點。主持人終於說出了那絕活的名稱——穿牆術。

我靠，穿牆術，不會是真的吧。我心裡熱血沸騰，這世上難道真有人能穿牆而過？如果有這本事，那是件多爽的事情啊。我心裡已經在虛構這樣一幅畫面，夜深人靜，我像個幽靈，在高樓大廈裡，進出自如，哪家銀行錢多去哪家，哪裡的美女漂亮我就往哪裡鑽……就算被警察抓住了也不怕，什麼深牢大獄也不管用，我照樣進出自如。

「想什麼啦，哈啦子都流出來了。」表妹拿手捅我，我這才從意淫中回到現實。

表演的是穿牆術，當然需要一面牆。牆由八名壯漢推上來，兩米高、一米寬、一米厚，牆下有四個極小的軸承。這面牆已經展現在觀眾的面前了，一米厚的牆很多人都沒見過，表妹夫顯然要穿越的就是這面極厚的牆。

觀眾又開始興奮，甚至不待主持人發話，便有些自告奮勇的男女上臺察看。

牆自然是真實的，不可能有任何機關暗門，而且就算有暗門，舞臺四周都是觀眾，魔術師也不可能瞞過這麼多雙眼睛。

魔術師慢慢向那堵牆走去，場中立刻鴉雀無聲。我跟觀眾一道瞪大了眼睛，盯著臺上，生怕眨眼的工夫，錯過了穿牆而過的一剎那。

就算眼睛瞪得再大也沒用，魔術師逼近那堵牆的時候，還看得很清楚，但驀然間，他的身子就直直地進到了牆裡，轉瞬間，整個人都看不見了。

要知道那堵牆有一米厚，如果是空心牆，裡頭藏個人根本不成問題。但偏偏那牆不是空心的，魔術師是硬生生走進了牆裡。

掌聲雷動，我也興奮得手舞足蹈。這表妹夫能耐大了，我心裡已經在想抽機會一定要好好巴結他，不對，就算替他做牛做馬鋪床疊被也行，只要他能把這些絕活傳一點給我。

可是那一晚出了點狀況，讓我根本沒有機會哈巴這位表妹夫。不對，不是一點兒狀況，是大狀況。知道發生了什麼事嗎？我這位表妹夫魔術師，走進那堵牆裡，竟是再也沒有出來。剛開始，臺上奔出來一些人圍著那堵牆轉，我們以為都是節目設置好的環節，所以還在下面玩命地拍巴掌，後來有點不對勁了，大幕謝了下來，把那堵牆和工作人員都隔在了後面。我們都在下面等，掌聲平息了，大家開始嗡嗡嘀咕發生了什麼事。

表妹首先憋不住了，「騰」地站起來，就往臺上跑。我那會兒還丁點沒替表妹夫魔術師擔心，只是覺得這是一個挺好的見面方式，所以，也跟在表妹後面跑上臺去。

鑽到大幕裡面，我們傻眼了。那堵牆還在，邊上圍著一撥人，全都板著臉，如臨大敵。再看那邊，過來兩個人，手裡拎著腦袋大的鐵錘。有個頭兒樣的男人回頭訓斥我們，讓我們臺下等著，我不樂意了，魔術師是咱家裡的人，憑什麼不讓我們上來呀。

「這是他女朋友，我是他表哥。」我大聲嚷嚷。

那個頭兒可能也沒心思過問我們，所以擺擺手，那意思我們別影響他們工作。他們的工作就是讓那兩個拎錘的人開始砸牆，牆可夠結實的，一錘下去，只砸出一個窩來，握錘的人卻向我連退兩步。

「這是咋了，好端端的牆，砸它幹嘛？」我心裡已經隱隱有了些不祥的感覺，低聲問邊上一個穿演出服的小姑娘。

小姑娘是魔術師的助手，這會兒眼裡含淚，一副可憐兮兮的樣子。她跟我說：「出事了出事了，魔術師失蹤了。」

我還沒說話，表妹已經「嚶」一聲哭了起來，我趕忙過去抓住她胳膊，阻住她衝向那堵牆。這時候，我算是完全明白了，原來這位表妹夫表演穿牆術，成功了一半，整個人都走到了牆裡，但卻沒能出來。

這事說出來肯定沒人信，有人能走到一堵實心牆裡，這本來就匪夷所思，更不可置信的是，進去的人卻出不來了。要換別人跟我講這事，我肯定得哈哈大笑，但那會兒，站在舞臺上，抓著表妹的胳膊，我卻笑不出來，只覺得心裡隱隱生出些寒意。

想想吧，把一個大活人硬塞到一堵牆裡，會有什麼感覺？身體跟牆結合到一處，想動彈都動不了，多淒慘的事。表妹哭得跟淚人似的，趴在我的肩膀上，我也是神情黯然，心想這穿牆術還是不學為好，師傅都還沒修練到家了，做他徒弟，肯定凶多吉少。

那邊的牆終於被砸開了，裂成了好幾塊，上面的部分落到了地上。

牆就是牆，裡頭根本就沒有人。

現在，我知道我想錯了，魔術師根本不是被這牆困住，而是去了別的地方。我寬慰表妹，也許魔術師演出太累，提前回家了，就像他剛才大變活人一樣，黑布一罩，我就回座位上了。他要想把自己變回家，那還不是件輕而易舉的事呀。表妹聽著覺得有理，立刻掏出手機來打男朋友的電話，手機和家裡電話都沒人接，她立刻又開始抹眼淚。

我跟她說：「現在不是哭的時候，你好好回想一下，你們在一塊兒，他有沒有跟你說過穿牆術的事，說沒說過萬一他出不來了，有什麼辦法可以找到他？」

表妹連連搖頭：「他要知道進去出不來，肯定就不往牆裡鑽了。」

想想也對，但我還不死心，接著問：「他就一丁點沒跟你透露這穿牆術的事？使勁想想，興許你們談情說愛的時候，他有提到過，哪怕就一點兒線索，這會兒說不定就能救他的命。」

這下表妹顯然想起什麼來了，拉著我就往後臺跑。

「燈。」表妹說，「他表演的魔術，都跟一盞燈有關係。」

我當時怔了一下，問：「什麼燈，燈跟魔術有啥關係？」

表妹回答：「我也不明白，但他確實跟我說過，如果沒了那盞燈，他的那些魔術一樣也表演不起來。那盞燈我還見過，他說，每次表演，他都把燈放在化妝間裡。」

雖然覺得奇怪，但我卻毫不懷疑表妹的話，魔術師既然這樣跟她說，就一定有他的道理。我們奔到後臺，問了兩個人，很快就到了表妹夫專用的化妝間外頭，推下門，鎖上了，我正有點犯難，表妹已經一腳踢過去，把門踹開。我想到愛情的魔力原來這麼大，可以把一個淑女變成一個悍婦。

進到化妝間裡，我跟表妹裡裡外外搜了三遍，除了天花板上正亮著的白熾燈，根本就沒發現再有別的什麼燈。表妹一臉焦急，不住地說：「出事了、出事了，燈沒了。」

我當時有點懷疑是不是魔術師忽悠表妹，他的魔術根本就跟一盞燈沒啥關係。

表妹看出了我的懷疑，她抹一把淚又拉著我出門。這回，她站到路邊攔了輛出租車，招呼我上去後，跟司機說了一個地址，車子疾馳而去。

表妹帶我去的是魔術師的家。

表妹說：「他跟我說過，燈一共有兩盞，一盞在家裡，一盞他帶到演出現場。演出時，兩盞燈都得亮著，滅了一盞都不行。現在，化妝間裡的燈沒了，不知道他家裡那盞還在不在。」

魔術師的家挺大，至少得二百多平方米，裝修得挺另類，金屬跟鏡子是最重要的裝修材料，進去後，我一眼瞅過去，能看到自己好幾道影子。表妹直接往臥室去，因為她在臥室裡見過那盞燈。臥室的門關著，但一推就開了，屋裡面沒有開燈，厚厚的窗簾也都拉上了，裡面有種淡黃色的光暈瀰散開來，影影綽綽的。雖然是白天，可還是有些懾人。

我還沒看清，表妹已經大聲叫：「你看你看，我說有燈吧。」

順著表妹手指的方向，我已經看到臥室壁櫃上，果真放著一盞燈，乍一看，就是平常的煤油燈，再看一眼，便發現那燈具頗不尋常，上面有個圓形的小碟子樣的容器，裡面盛著燈油和燈芯，下面有個托兒，邊上有個把手……

阿豪說到這裡，我跟臭魚都叫了起來，難道故事裡魔術師的燈，就是他從藥鋪老頭那裡買來的？阿豪示意我們別著急，聽他把故事講完。

就在我跟表妹向著那油燈走去時，忽然間，不知道從哪裡吹來一陣風，身後的門「砰」地關上，我們驚懼地回了一下頭，這時候，那盞燈忽然滅了，屋裡一下子變得漆黑。表妹尖叫一聲，一把抱住我。我雖然也嚇了一大跳，但卻並不驚慌，依著燈滅前的印象，手向牆上開關處摸去。摁了開關，沒一點反應，屋裡的燈像是壞了。打不開燈，我再想到的就是拉開臥室房門，這樣，就會有光線投進來。

可是，當我手向門的方向摸過去，心忽然一沉，覺得事情有些不妙。門不見了。

我開始以為摸錯了方向，可想想決不可能，我剛剛才從那扇門裡進來，記性再差，也不會連門的方向都記錯吧。就在我驚疑不定之際，忽然覺得身子一顫，有些暈眩。這感覺我並不陌生，不久前，在那大劇院的舞臺上，我曾有過類似的感覺。

沒等我細想原委，漆黑的房間裡，忽然有了些光亮——不對，借著微光，我發現我跟表妹根本已經不在那房間裡了。現在我們所處的地方很空曠，有一道並不很強的光束，從很遠的地方投過來，只能讓我看到周圍依稀的影子。這裡應該是個曠野，不遠處好像有些人在走動，但看不清楚。

這驟來的變化，讓表妹嚇壞了，這丫頭長這麼大，啥時候見識過這些，就連自認見多識廣的我，腦袋也大了好幾倍。幸好我挺聰明，一下子就想到了魔術師表演的魔術。他可以用塊黑布把物體或者人蓋上，轉移地方，那麼我跟表妹現在經歷的事，不就跟魔術中的一樣嗎？難道這一切，都是魔術師表妹夫在開玩笑，故意設好了局，給我這個表哥來個下馬威？我寧願是這樣，只要他能再把我變回去。

我把想法跟表妹說了，表妹點頭，不那麼怕了。她壯著膽子，大聲叫了幾遍魔術師的名字，卻沒有人回答她。

這時候，好像有些霧飄過來，周圍的那些影子更模糊了。表妹拉著我的胳膊，我橫下一條心，咬牙剁腳豁出去了，向邊上一個人影走過去。

我說：「大哥，麻煩問一聲，這是哪兒？」

那影子慢慢轉過臉來，我嚇得腿肚子一哆嗦，表妹的尖叫差點震裂了我的耳膜。你們猜我看到了什麼？

我看到了鬼。

沒錯，鬼跟電影、電視上的差不多，臉色煞白，神情呆滯，嘴角還流著血。它們關節僵硬，因而動作緩慢。更讓人受不了的是，他們身上有種腐屍的臭味，離他們稍微近點，就能感覺到寒氣逼人。

我還沒來得及做出反應，表妹已經轉身撒腿就跑。她一跑，我也待不住了，顧不上和那位鬼先生說再見，扭頭跟在表妹屁股後頭跑下去。

不知道跑了多久、一路上遇到了多少鬼，後來我們終於跑不動了，彎腰在那兒喘粗氣。這地方太空曠了，我們跑了這麼久，居然連幢建築都沒看到，甚至連花花草草一棵樹都沒有。這是哪兒，怎麼會有那麼多的鬼？

表妹已經嚇得花容失色，她哆嗦著說：「我們不會到了陰間吧？」

「這裡不是陰間，但卻是通往陰間的路。」一個冰冷的聲音忽然響在耳邊。

我跟表妹下意識地回頭，看到我們身後，站著一個女人。不對，應該是女鬼，長長的頭髮，煞白的面孔，冰冷的寒氣，這些都是鬼的標誌。

「你們不要怕，我雖然是鬼，但卻是個好鬼。」女鬼說。這時候，她慢慢從兜裡掏出一件東西來，遞到我們跟前，我們定睛看去，那正是魔術師臥室裡亮著的那盞燈，只是這會兒已經熄滅了。

女鬼說：「我來告訴你們這究竟是怎麼回事吧。」

女鬼說話，我跟表妹哪敢不聽，而且，她既然能拿出那盞燈來，至少說明她跟魔術師的關係不一般，我們也想從她嘴裡，打聽到魔術師的下落。

女鬼說：「你們現在一定已經知道了，燈有兩盞，一盞魔術師帶在身邊，一盞留在家裡，他的那些魔術，其實都是真的，因為是我跟我的老公在幫助他，讓他做到那些常人做不到的事情。」

女鬼的故事是這樣的，她跟老公當年，因為家裡人不同意他們的婚姻，歷經種種磨難之後，終於不堪忍受分別的痛苦，雙雙殉情而死，死後變成了孤魂野鬼，入不了鬼門關，只能在陽間飄蕩。居無定所，餐風宿露。後來，他們遇到了兩個老鬼，老鬼寄居在兩盞燈裡已經幾千年，厭倦了那個地方，便將居所讓給了他們，但卻要求他們必須住滿百年方能離去。當年他們從另外兩個更老的老鬼手裡接下這地方時，對方也是這樣要求的。從此，這兩個情鬼便寄居在兩盞燈裡，雖然地方小了點，但起碼算是有了個家。這樣，燈的主人便成了他們的主人。

魔術師機緣巧合，從一個盜墓賊那裡得到了這兩盞燈，無意中窺探到了燈內兩個野鬼的祕密，便讓他們幫助他，來創造駭世驚俗的魔術。這兩盞燈原是秦朝時的古物，本身就帶有某種力量，再加上這兩個鬼的鬼氣，所以，魔術師才能使展五鬼搬運大法和穿牆之術。說穿了，這些在冥界都是些小伎倆，但凡死了超過兩年的鬼都會使。但這力量要運用在一個人的身上，也不是件容易事，每次都必須兩盞燈同時點燃，燈內的兩鬼同時發力，才能讓他具有這種法力。

表妹不解地問：「既然這樣，那麼這次表演，他為什麼會進到牆裡後出不來了？」

女鬼回答說：「因為有人偷走了那盞燈。」

偷走魔術師放在化妝間裡那盞燈的，是他的一個得力助手。那助手跟隨魔術師多年，深知他的那些神通法力都是來自這盞燈，籌畫多時，終於在今晚下手，潛進化妝間，盜走了那盞燈。而他將燈熄滅的時候，恰好是魔術師進入那堵牆的時候，燈滅，他便失去了法力，因而，他便陷到了兩個空間的夾層裡，走不出來了。

女鬼說：「要想救出魔術師，唯一的辦法，就是找回那盞燈。」

女鬼這樣說，當然也有另外一層意思。魔術師的助手盜走了那盞燈，也帶走了她的死鬼老公，當初，他們鬼夫妻答應那對老鬼，在沒有找到新的住戶之前，是不能擅自離開兩盞燈的。所以，這女鬼才會帶我跟表妹來到通往陰間的路上，告知我們一切，並希望我們能夠尋回被盜的那盞燈，救出魔術師，同時，也能讓他們夫妻團圓。

知道了真相，我們沒有理由不去找回那盞燈。我說：「妳還是快點送我們回去吧，回去我們就找警察，讓他們通緝魔術師的助手。抓到他，就找到燈了。」

女鬼搖頭，一臉寒霜：「別說你們人，就連我們鬼都不相信警察，現在有幾個警察真正為老百姓辦事？所以這事，還得你們自己去辦。」

我同意女鬼的話，但有點為難：「偷燈的人現在不定在哪兒逍遙快活了，我哪兒找他去？就算找到了，他再讓燈裡的男鬼——也就是妳老公，給我來個乾坤大挪移，不定把我挪哪兒去，到時，我可想哭都來不及。」

表妹拉著我的手，哭喪著臉：「表哥，你就做點犧牲吧。」

女生外向這話一點沒錯，我打小看著這表妹長大，從她流鼻涕、穿開襠褲起，就天天陪著她玩。現在，她剛交了個男人，就打算犧牲我這表哥了。

我還在猶豫，那女鬼說話了：「這位大哥你放心……」

我說：「誰是你大哥，妳都死多少年了，是妳大哥那我不變鬼也早成骨灰了。」

女鬼臉露尷尬神色，半天才說：「要找盜燈的人很容易，我那死鬼老公不管在哪兒，我都能感應到。只要你答應幫這個忙，我現在就能帶你去找魔術師的助手。有我在，你還怕我那死鬼老公對付你嗎？現在不光是你們陽間流行『妻管嚴』，在我們陰間也一樣。」

我想想，也確實是這道理，有死鬼老婆在，還怕死鬼老公嗎？至於那個魔術師的助手，我倒不放在心上。別看我文質彬彬跟文化人似的，還戴副金絲邊的眼鏡，可實際上我打小就跟家邊一位武林高手練過功夫，到現在還保持聞雞起舞的好習慣。

我說：「好吧，那我們就去抓那個賊，把燈給找回來。」

表妹眼淚還沒乾，就笑了，梨花帶雨，楚楚動人。我嘆了口氣，這麼好的姑娘如果不是我表妹，我一定不會放過她。現在，只能便宜那個魔術師了，而且，我還得為她將來的幸福，去抓那個盜燈的賊。

言歸正傳。我跟表妹準備停當，女鬼施法，又是身子一顫，腦袋一暈，我們又換地方了。我仔細四處打量，發現身處荒郊野外，一條泥濘的土路彎彎曲曲地向遠處伸展。路邊有幾間平房，裡頭亮著燈。

我走到門邊，看到門邊掛著一塊牌子，上面寫著「慈濟堂老號藥鋪」。鬼知道在這種偏僻的地方開藥鋪，能有生意嗎？我雖然狐疑不定，但想想女鬼帶我到這裡來，必定有她的用意。當下，整整衣服，慢慢上前敲門。

門開了，一個老頭站在門邊，陰森森地問我：「看病還是抓藥？」

阿豪故事說到這裡，我們又不得不打斷一下。臭魚說：「那個藥鋪不是你買寶貝的地方嗎，怎麼到故事裡去了？」

我也說：「你不是跟表妹一塊兒去抓賊嗎？你進到那藥鋪裡，你表妹哪去了？」

阿豪笑笑搖頭，一臉神祕：「你們想聽故事就別這兒瞎起鬨，這些問題到最後，肯定都有交代。為什麼把藥鋪老頭拉故事裡來，不就為嚇唬他嗎？半截入土的老傢伙，聽啥故事不好，非得聽恐怖故事，就算嚇不死他，也得噁心他一回。」聽了阿豪的話，我們立刻閉嘴，等著聽故事結尾。

藥鋪老闆我看病還是抓藥，我搖搖頭說來找人。老頭說他這裡沒別人，我肯定是找錯地方了。我笑笑說沒錯，如果這裡沒別人，那我找的就是他。

老頭想關門，晚了，我一腳踏進去，看到堂屋是間大藥房，層層疊疊盡是藥櫃。我一眼就看到一盞油燈擺在櫃檯上，燈芯還亮著，發出昏黃的光線。

那燈當然就是魔術師被盜的那一盞。但是，魔術師不會找一個老頭當助手，那麼，這盞燈為什麼會到了老頭這裡？

答案只有一個，那就是，魔術師的助手盜走那盞燈之後，逃到了這裡。他煞費苦心偷來的燈，肯定不會拱手送人，唯一的解釋，就是他現在已經凶多吉少，很可能已經是個死人。如果真是這樣，那麼面前的老頭就是兇手。他把店開在荒郊野外，這本來就不正常。

想通了這一節，我衝著老頭呵呵笑，可能是我笑得太詭異了，老頭有點發毛。他問我笑什麼，我說，我要謝謝他。

老頭更加狐疑，說：「我又不認識你，你謝我什麼？」

我說：「我謝你幫我把那個偷燈的人給殺了，這樣，省了我多少事。」

老頭說：「什麼偷燈的人，你找錯地方了。」

我不願跟個老傢伙鬥智鬥勇，敗了面上無光，勝了，也勝之不武。於是，我就從魔術師失蹤開始，一路說下來。老頭聽得臉色青一陣白一陣的，特別是當我說到燈裡藏著一個鬼時，他更是面無人色。

我說：「你只要把燈交給我，就沒你什麼事了，燈裡的鬼也不會把你變到棺材裡。」

老頭沉默半天，忽然搖頭道：「你說的這些，我一點都不信。你編了這麼個故事，只是想來騙我的燈。你說女鬼把你們變到這裡來，那麼你的表妹呢？還有，如果真有什麼男鬼、女鬼，你讓他們出來讓我瞧瞧。」

我嘆口氣，說：「你這麼大歲數，怎麼就這麼不識時務呢？」

但是，為了打消老頭的疑慮，我還是說：「你要見我表妹有點不容易，你得跟我出去見她。她是個害羞的姑娘，膽子還特別小，她知道你這裡是間黑店，哪還敢進來？」

老頭怔了一下，做個讓我先走的手勢。我笑笑，在前頭引路，帶著老頭就出了門。門外就是曠野，不遠處有堆草特別茂盛。我帶著老頭走到離草邊兩米多遠的地方就不動了。

「表妹就在那堆草裡頭，你自己過去看吧。」我說。

老頭常年獨居這荒郊野外，膽子自然比常人要大。他稍一猶豫，便大步走了過去。站在草叢邊上，他只看了一眼，便立刻回身走了回來。我當然知道他在草叢裡看到了什麼，那是一截白生生的大腿和一截白生生的胳膊。

老頭微微喘著粗氣，瞪著我道：「那就是你表妹？你殺了她？」

我笑道：「沒錯，那就是我漂亮的表妹，你知道嗎？這麼些年，我對這表妹有多好，可是，現在她卻為了一個男人，不惜要犧牲我來換取她的幸福，這樣的表妹，我留著她還有什麼用？美好的東西，我得不到，別人也休想得到她。」

老頭陰森森地笑：「不要說謊了，你殺她，肯定還有別的目的。」

我還是笑：「沒錯，你是個狡猾的老傢伙。殺死她，我就得到了那盞燈，如果我再從你這裡得到另外一盞，那我就擁有了魔術師的那些法力，穿牆術可以讓我去任何想去的地方，看到好東西，我會把它們都變回家去。到那時，我就是天下最富有的人，什麼樣的女人得不到，我還會在乎這樣一個表妹？」

老頭點頭：「這倒是實話，可是，我還有一點不明白，你怎麼才能讓我相信，燈裡真有兩個死鬼？」

我笑了笑，藥鋪老頭的這番話，早就在我意料之中。

阿豪的故事講到這裡，忽然不吱聲了。

我跟臭魚等了一會兒，還是臭魚先忍不住問道：「後來呢？」

阿豪笑嘻嘻地說：「後來那個老頭就把那盞燈賣給我了。」

臭魚叫：「可你的故事還沒講完了，老頭會那麼傻？」

阿豪說：「事實上，我講上面那些故事的時候，老頭始終坐在我對面，沒有跟我出門，當然也沒有我表妹的屍體。只不過，當故事裡的藥鋪老頭提出最後的問題時，真正的藥鋪老頭也很關心那個問題。而且，我還看出來，他對我這故事非常投入，一對老眼死死地盯著我，等我說出下文。」

我說：「沒錯，換了我肯定也著急。」

臭魚一巴掌拍阿豪的腦袋上：「別賣關子了，有話快說、有屁快放！」

阿豪嘻嘻笑：「要知道，我到那藥鋪是個晚上，外頭也下著雨，加上藥鋪裡的光線很弱，那環境特別適合講恐怖故事。老頭眼巴巴盯著我看，我什麼話都沒說，但黑乎乎的房間裡，忽然傳來一個女人尖銳的叫聲——」

「你個死老鬼，再不把燈交出來，現在我就拖你去十八層地獄！」

這一嗓子，尖得有點出奇，尾音還拖得老長，一聽就不像是人類發出來的。再加上聲音突然冒出來，老頭沒思想準備，雖然沒被嚇得暈過去，但身子卻不禁一哆嗦，剎那間，一張老臉都變得煞白。

阿豪說：「老頭嚇得不輕，那聲音過後，他就乖乖把那盞燈賣給了我。」

我跟臭魚吁了口氣，雖然知道了故事的結尾，但對最後的女聲都有些疑惑。不待我們問，阿豪自己先交代了：「其實，去那藥鋪之前，我就知道怪老頭喜歡聽人講恐怖故事，所以，我是有備而去。去之前，就找人錄了那嗓子尖叫。講故事的時候，我的手一直伸在褲兜裡，火候到的時候，我只按了下播放鍵，那聲音就傳出來了。」

臭魚呆了一下，搖頭罵道：「我日你大爺！這丫使這招，怎麼沒把老頭嚇死？」

阿豪哈哈笑：「你也知道我的性格，知己知彼，百戰不殆，我啥時候打過沒把握的仗？」

我問：「那麼說，你根本就沒有什麼漂亮表妹，更沒有什麼魔術師表妹夫了？那兩盞燈的故事，全都是你編出來唬弄老頭的？」

阿豪得意地點頭：「沒錯，你真以為這世上有什麼穿牆術？等你死了變成鬼還差不多。不過，那盞燈確實有名堂，我以前看過一本文物雜誌上有專門介紹它的文章。你們還記得燈的杯壁上有五個小人頭嗎？那是五個鬼，所以，這燈的名字就叫五鬼夜行燈。」

我不解：「好好一盞燈，幹嘛叫這麼詭異的名字？」

阿豪道：「你還記得我一開始跟你們提到的大將軍蒙恬嗎？」

經他這一提醒，我跟臭魚都叫了起來。昨晚我們剛看到那盞燈時，阿豪跟我們說起過這燈的典故，但後來一打岔，我們就把這事忘了。

臭魚叫：「快跟我們說說，大將軍蒙恬哪去了，他不會也讓這什麼五鬼夜行燈給變沒了吧？」

阿豪一拍大腿：「沒錯，野史記載，秦二世胡亥派去的使者回到牢裡，大將軍蒙恬竟然憑空消失了。那監牢除了一道門，根本沒別的出路，而門外有重兵把守，別說一個人，就算連隻蚊子都飛不出去。」

臭魚本來只是順嘴一說，沒想到真給他料中，一時間，他跟我都有些呆了。

阿豪繼續說：「蒙恬失了蹤，那使者沒法回朝向胡亥交代，左思右想，便花錢買通了陽周監牢裡的上下人等，只說蒙恬喝了毒酒，已經毒發身亡。使者自回朝交差。蒙恬的死訊傳開，一時朝野上下，不知多少人為他扼腕嘆息。」

臭魚道：「難道真是那燈將他變沒了？」

阿豪搖頭苦笑：「野史裡記載的事，誰能說得清楚？也許只有蒙恬他老人家親自來，才能回答這個問題了。但是，後人猜測，蒙恬當時逃過那一劫，肯定跟這盞燈有莫大的關係。」

我嘴裡念叨著：「五鬼夜行燈，這名字透著耳熟。」

臭魚忽然道：「我想起來了，以前看《封神榜》，裡頭有種法術叫做『五鬼搬運大法』，可以神不知鬼不覺將東西變到這兒，再變到那兒。」

我一拍腦門：「我想的就是這個，五鬼搬運大法。」

阿豪哈哈笑：「你們倆腦袋瓜子進水了，那些神神怪怪的事也信。我買那盞燈，就因為它是秦朝的古物，值錢，沒別的原因。它要真有那麼大法力，我們還去找藥鋪老頭幹嘛，直接把自己變銀行去，每人搬一屋子人民幣回來，那多省事？」

我跟臭魚相視無語，但心裡還是覺得有點怪怪的。

車子忽然劇烈顛簸了一下，我們還沒明白過來，車子忽然停下了。

阿豪說：「到了。」

我跟臭魚腦袋趕快貼窗玻璃上去，外頭黑漆漆的，好像我們停在了曠野的中央。土路左前方，有淡淡的幾點燈光，依稀可辨是幾間平房。

不用問，這裡，自然就是阿豪曾經來過的那家藥鋪了。

第二幕　藥鋪

冒雨下車，三兩步躥到屋簷下，果然見到門邊掛著一塊牌子，上面就是阿豪跟我們說起過的「慈濟堂老號藥鋪」幾個字。

阿豪上前敲門。

沒多一會兒，門開了，傳說中的藥鋪老頭露出頭來，邊上還跟著一個幼童。老頭掌著一盞帶燈罩的煤油燈，上下打量了我們半天，才退到一邊，讓我們進去。

老頭老眼昏花，一時間竟然沒有認出阿豪來。阿豪衝我們使個眼色，我們都閉了嘴，讓阿豪忽悠這老頭。阿豪說是天色已晚，天降暴雨，我們的車又在這前不著村、後不著店的地方出了故障，所以想在藥鋪裡借宿一晚。

老者請我們進了客廳，道：「在家千日好，出門萬事難。今天這鬼天氣實屬罕見。既然你們到了這裡，也是有緣。若不嫌棄，就在此間將就一夜。只是這裡只有我爺孫二人居住，沒有多餘的客房和床鋪，三位只能在客廳裡面過夜。」

我搶先文謅謅地道：「能有間房子遮風蔽雨，不用挨淋受凍，我等已經非常慶幸了，哪裡還敢奢求被褥鋪蓋。」阿豪也道：「這樣就足夠了，我們也不睡覺，在屋裡坐上一宿就好，只求燒一壺開水解渴。」

老頭面無表情地說聲稍等，便攜了幼童出了廳門，想必是去後院燒水。借這空檔，阿豪告訴我們，老頭姓陳，那個幼童是他的孫子。我們剛才要說來買古董，老頭連門都未必肯讓我們進。待會兒，他再回來，我們可以道明來意，反正水都燒開了，總得讓我們把茶喝完再走吧。

我跟臭魚一齊誇獎他老奸巨猾。

視線所及，前面有一大間是藥房，層層疊疊盡是藥櫃。客廳在藥店後面，面積不大，但是擺設裝飾頗為清雅別緻，我們三人坐在客廳的紅木靠椅上喝茶聊天，臭魚說起前兩天看來的新聞，美軍的阿帕契武裝直升機在伊拉克被農民用步槍打了下來，大讚人民戰爭的厲害之處。

阿豪頗不以為然，說道：「一架阿帕契的火力，相當於第三世界國家整整一個反坦克旅團，但是這種高精尖的設備，有一絲一毫的操作保養失誤就會釀成重大事故，倒也不見得是伊拉克民兵有多厲害，只是瞎貓撞上死老鼠而已。」

我們就此問題展開了熱烈討論，後來扯來扯去也沒分出個高下。

這時候響起腳步聲，陳姓老頭拎了壺水進來。

「我這荒野陋居，也沒什麼東西來款待幾位，倒是自家飲用的一些茶葉，還算不錯。今晚就拿出來算是招待幾位客人了。」陳姓老者說。

我們三個趕忙站起來客氣一番。

老者為我們沖茶，我們三個背後使眼色。阿豪先請老頭在邊上落座，然後，清了清嗓子，開門見山，道明了來意。

阿豪說：「陳老不認識我了，數天前，我曾有幸來此拜訪過您，並且有幸從您這裡買走了一樣東西。」

老頭聞言一怔，渾濁的眼睛盯著阿豪半天，臉色旋即陰沉下來。

老頭說：「東西你已經買走了，還回來做什麼？」

阿豪涎臉笑道：「其實能買走您一樣藏品，我已經心滿意足了。可是，我這兩位朋友見了那盞五鬼夜行燈後，非要讓我帶他們來拜訪您。我跟他們說，您是世外高人，一般的凡夫俗子豈是想見就能見的。誰知我越這樣說，他們倆對您老就越是崇敬，後來盛情難卻，我便只能硬著頭皮，帶他們倆來見您。」

我跟臭魚不住點頭，滿臉誠惶誠恐，心裡把老頭想成劉德華。

俗話說，抬手不打笑臉人，陳姓老者縱算了一肚子數，但也不能用冷屁股貼我們的笑臉蛋。他臉色舒緩了一下，但語氣仍然透著冷峻：「別以為我歲數大，人也糊塗了，你們安的什麼心思，我一眼就能看出來。」

我們三個一起露出諂媚的笑，我還作羞澀狀。

阿豪說：「您老慧眼，我們肚裡這點花花腸子，哪能瞞得過您老人家？您這樣的世外高人，早就視富貴如糞土，我們這些凡夫俗子，再怎麼進化也不能免俗。所以，您老看在我們冒著這麼大雨，長途跋涉好幾百里路的分上，就把您那些寶貝兒，隨便讓我們挑兩件吧。」

老頭無語，卻用凌厲的眼神逐個掃視我們三個。老頭的樣子太怪了，根本就不像是現代社會裡的人，穿著半長不短的藍布袍，頭髮老長，後面用根小木棍紮起來，乍一看有點像上世紀六七十年代電影裡的落魄道士。也許這老頭本來就是道士，道士分兩種，一種可以結婚生孩子，所以有孫子也不稀奇。

這會兒，在他凌厲眼神的逼視下，我心跳加快，忽然有種想逃的慾望。

也許，我們跟著阿豪到這鬼地方來，實在是個錯誤的決定。所謂「人為財死，鳥為食亡」，這天底下根本就沒有天上掉餡餅的事，大凡那種為了追求外財而煞費苦心的人，大多不得善終。這道理天下人沒有不知道的，但偏偏當外財擺在面前，沒有幾個人能受得了那種誘惑。我們三個當然就是受不得誘惑的人，而且，如今坐在陳姓老頭對面，已經如弦上之箭，根本沒有回頭的餘地了。

老頭過了半晌，才輕哼一聲，對阿豪道：「既然你已經來過我這裡，規矩當不用我再多說。我這裡古物不少，大多是祖上傳下來的，雖然我不知道它們的身價，但看你們這些人，如撲火之蝶往我這裡湧，我就猜到它們必定價值不菲。錢財對我這老頭來說真是身外之物，如果你們要，給你們也無妨。但是，我有個規矩，來此買我古物的人，必須給我講一個恐怖故事，講得好了，我便賣一件古物於你，講得不好，對不起，哪裡來回哪裡去，就算你再求我，也沒有用。」

我忍不住插嘴道：「故事好壞是否有一個評判的標準？」

老頭搖頭：「我又不是考官，只是個聽眾，哪裡來的評判標準？我聽得高興，那就是好。我聽得無趣，就算你再巧舌如簧，也是枉然。」

這老頭太忒不講理了，故事好壞全都由他兩片嘴皮子碰。如果他不想賣寶貝給我們，只消說句不好，便能把我們全打發了。我跟臭魚苦著臉，都有些憤憤不平，但阿豪卻已經連連點頭，顯然他早就知道老頭的怪癖。

老頭道：「快到半夜了，如果你們準備好，現在就可以開始講了。」

我們三個人六隻眼睛一齊眨巴了幾下，最後還是阿豪首先開口：「他們是我帶來的，還是由我拋磚引玉，先給您老人家講個故事吧。」

阿豪的故事是這樣的——

紙元寶

有一個家庭，父親早亡，只剩下母親王氏帶著十七、八歲年紀的兒子。王氏靠給人縫縫洗洗賺些微薄的工錢供兒子讀書，雖然日子過得寒酸，但是母慈子孝，母親勤勞賢德，兒子用功讀書，倒也苦中有樂。

王氏為了便於兒子進京趕考，便在京郊租了一所房子。裡外兩間，外帶一個小院。住了約有半月，這日夜裡天氣悶熱，母子二人坐在院子裡，王氏縫衣服，書生借著月光讀書。忽然從大門外衝進一個男人，身穿大紅色的袍服，面上蒙一塊油布，進得門來，一言不發，搶過兒子正在讀的書本就進裡屋。

母子倆大驚失色，以為有歹人搶劫，但是家貧如洗，哪有值得搶的東西？但是那紅袍人進了裡屋久久也不出來，只得硬著頭皮進屋觀看。

但是屋裡空蕩蕩的一個人也沒有，家裡只有裡外兩間小房，並無後門窗戶。王氏發現裡屋床下露出一角紅布，那人莫非躲在床下不成？

書生抄起做為門栓用的木棍，和母親合力把床揭開，床下卻不見有人，露出的那一角紅布原來是埋在床底的地下。王氏用手一探埋有紅布的地面，發現僅有一層浮土，便命兒子把土刨開，看看那紅布究竟是何物事。

書生只挖了片刻，就挖出一個紅布包裹著的大木箱子，箱子被一把銅鎖牢牢鎖住，無法開啟。書生年輕性急，用錘子把鎖砸開，箱子裡面金光閃閃，竟是滿滿一大箱金元寶。

母親王氏大喜，認為這是上天可憐她母子二人孤苦，賜下這一大樁富貴來。只是這筆財太大太橫，母子二人都不免心驚肉跳。王氏生來迷信，便從箱中拿出一錠元寶，讓兒子去城裡買上一個豬頭，做為供品祭祀天地祖先。又把箱子按原樣埋回床下。

如此折騰了一夜，此時天已將明，城門剛開，書生拿了金子，便去城裡買豬頭。到了城內馬屠戶的肉鋪，見剛好宰殺了一口大肥豬，血淋淋的豬頭掛在肉案鉤子上。兒子拿出金元寶交於馬屠戶說要買豬頭祭祖。

馬屠戶見這麼一個穿著破舊的年輕書生拿出好大一錠元寶，覺得十分古怪。但是古代人認為：萬般皆下品，唯有讀書高。讀書人縱然窮酸落魄，但是到哪裡仍然都被勞動階層高看一眼。馬屠戶雖然奇怪，但是並沒有認為他這錢來路不正。便把豬頭摘下來遞給他。

書生出來的匆忙，並未帶東西包豬頭，血淋淋的不知如何下手。馬屠戶見他束手無策，覺得好笑，便拿了自家用的一塊油布把豬頭包上。書生謝過屠戶，抱了豬頭便往家裡趕。

那京城重地，做公的最多，有幾名公差起得早，要去衙門裡述職，見一個窮秀才抱著一個血淋淋的油布包，神色慌張，急匆匆地在街上行走。

公人眼毒，一看此人就有事。於是過去將他攔住，喝問：「這天剛濛濛亮，你這麼著急要去哪裡？」

書生昨夜得了一大樁富貴，正自心驚，被公差一問，頓時驚得呆了，支支吾吾地說是趕早進城買個豬頭回家祭祖。

公差見是如此老實年輕的讀書人，就想放他走路。書生正要離去，一個年老的公差突然說道：「你這包裹裡既然是豬頭，不妨打開來讓我等看看。」

書生心想豬頭有什麼好看，你們既然要看，就打開給你們看好了，沒成想打開油布，卻哪裡有什麼豬頭，裡面包的是血肉模糊的一顆人頭。

一眾公差大怒，稍微有些大意，險些被這廝騙過了。不由分說，將書生鎖了帶回府衙。

京畿府尹得知情由，向書生取了口供。把賣肉的馬屠戶和王氏都抓來訊問。

馬屠戶一口咬定，從未見過這個年輕書生，而且今日身體不適準備休市一日，不曾殺豬開張。

又差人把書生家中床下埋的箱子取出來，裡面也沒有什麼金珠寶貝，上面滿滿的裝著很多燒給死人用的紙錢、紙元寶，在箱子底下是一具身穿紅袍的無頭男屍，男屍手中緊握一本書，正是昨晚書生在院子裡讀的那本。

經杵作勘驗，無頭男屍同書生所抱的人頭是同一人。死者口鼻中滿是黑血，應為中毒而死。

府尹見此案蹊蹺異常，便反覆驗證口供，察言觀色，發現那王氏母子並不似奸詐說謊之徒，反而馬屠戶看似神閒氣定，置身事外，卻隱隱顯得緊張焦急。

府尹按口供述，盤問馬屠戶：「書生說用一錠金元寶向你買豬頭，你說早上剛開市，沒有散碎銀兩找錢。於是他便把金元寶留在你處，約定過兩日來取買豬頭剩餘的銀兩，可有此事？」

馬屠戶把頭連連搖頭：「絕無此事，自昨晚以來，小人一直在家睡覺，小人老婆可以作證。」

府尹命辦差官前去馬屠家裡仔細搜查，在其家肉鋪中搜出一枚紙元寶。府尹再問，馬屠戶無言以對，只是搖頭，連呼：「冤枉！」

當日辦差官又從王氏家不遠的河邊找到一柄屠刀，杵作檢驗死屍，確認人頭就是用此刀割下，經馬屠戶鄰里辨認，確為馬屠戶所有。府尹命給馬屠戶施以酷刑，馬屠戶承受不住，只得招認：

一月前，馬屠戶去城郊採購生豬，因為回來得晚了，城門關了進不了城，只得與一山西客商共同借宿於一處空宅之中。馬屠戶見財起意，便下毒謀害了山西客商，又用殺豬刀割下了山西客商的人頭，把死屍埋在屋裡床下，凶器與人頭扔在宅後河中。他自以為做得天衣無縫，冥冥中卻有天網恢恢。

阿豪故事講完，陳姓老者穩當當坐那兒，眼睛微閉，似乎還在玩味阿豪故事中的情節。他不吱聲，阿豪便只能眼巴巴等著他說出判定的結果。

過了好一會兒，還是阿豪忍不住了，怯生生地問：「您老覺得怎麼樣，剛才那故事。」

老頭睜開眼，神情呆板，看不出他心裡在想什麼。

老頭對著我跟臭魚道：「你們倆覺得怎麼樣？」

我跟臭魚面面相覷，這老頭既然問，我們肯定不能不說。其實我覺得阿豪這故事挺一般的，稍微看過一點古代探案小說的人，都能隨口說上一大堆來。而且，阿豪的這個故事讓我覺得怪怪的，他上回單獨前來，故事說得又長又有趣，但這回，簡直就像小學生交作業一般，敷衍了事。難道他這趟來，純粹是學雷鋒，替我和臭魚帶路，自己壓根就沒打算再從怪老頭那裡買點什麼？

我還沒開口，臭魚先說了：「我覺得這故事挺有趣的，相當於死者自己想辦法報案，而且自己還給自己準備了多半箱子紙錢。以前看過京劇《烏盆記》，也是說謀財害命，受害者的屍體被碾碎做成了瓦盆，瓦盆中的冤魂求人帶他去找包公告狀。跟阿豪講的故事差不多。」

我接過來說：「這個案子我好像以前也聽過，是在《包公案》的評書裡講的，和阿豪所說的大同小異，只不過是包公最後用陰陽枕審問了受害者的亡魂，才查得水落石出。其實這種公案故事多半是後人演義出來的，為的是突出官員的英明，宣揚因果報應，好讓老百姓不做壞事，也是政府愚民的一種手段，當不得真的。」

阿豪轉頭問什麼是陰陽枕，我說：「傳說包龍圖日斷陽，夜斷陰。晚上睡覺枕在陰陽枕上，就可以到陰曹地府斷案了。如果真是這樣，能讓死人開口說話，這世上也就沒有懸案了。」

阿豪說：「這種奇案還是有的，只是古代辦案技術手段落後，有些案件無法自圓其說。所以扯上些神鬼顯靈的事，以便服眾。在當時怨魂顯靈也是一種重要的呈堂證供。」

臭魚說：「我聽老一輩的人講，凡是命案，不管過多少年，沒有破不了的。」

阿豪總喜歡和臭魚開玩笑，他們倆一向以互相貶低對方為樂趣，就算當著外人面也不例外。阿豪不屑地衝著臭魚道：「那倒也是屁話，我還是那個觀點，這些都是為了讓人們不要殺人，在道德上把人約束住了。不過從古到今也不知道發生了幾千萬起兇殺案，看來這些與人為善的價值觀對人類影響不大。人性的原則在財色的誘惑面前是不堪一擊的。沒有結果的兇殺案多了，更有些惡人光明正大地濫殺無辜，也沒見他們有什麼報應。」

臭魚問我的觀點，我說：「殺了人不一定有報應的，不過我很願意相信善有善報，惡有惡報。世人如果沒有了道德觀念的束縛，連因果報應都不能相信，那這社會和地獄就沒什麼區別了，那就該人吃人了。」

臭魚點頭說：「聽你們這麼講，我也突然想起以前曾經看過一件懸案的記載，懸案就是沒有結果的命案，這件公案在清代野史筆記中多有記載，看來絕對是確有其事，不然不會流傳這麼廣，這比阿豪那演義小說裡出來的案件真實得多，我講給你們聽聽」

我沒吱聲，阿豪衝他翻個白眼：「你著什麼急呀，你總得讓我知道我那故事過關沒有吧。」

我們三個一齊再度盯著陳老頭。

陳老頭還是一副半死不活的樣子，好像根本就沒在聽我們三個剛才說的那些話。這會兒他搖搖頭，嘆口氣：「說這樣的故事，根本就是在唬弄我老頭子。」

阿豪聽完立刻沮喪地向後仰坐到椅子上。

臭魚身子往前傾了傾，臉上堆著笑衝陳老頭說：「現在輪到我講了吧？」

陳老頭好像連話都懶得說了，只是擺擺手，示意臭魚開始講故事。

臭魚咳嗽兩聲清了清嗓子，然後站了起來，開始講他的那個故事。

野墳

清朝的時候在山左縣有個婦人，不知其名姓。有一日從娘家回來，丈夫因為有事在身，便使其弟去接嫂子。

婦人騎了一匹黑驢，弟步行在後。路過一處深山老林，婦人尿急，命弟牽驢，自己走到樹林裡去解手，沒走幾步，發現幾株老松樹和怪異磷峋的岩石環繞著一處荒墳，很是僻靜。

婦人憋不住了，就在墳邊小解，溺後束衣，發現裡面穿的紅褲衩沒了，可是在解手時明明還在啊。

婦人大驚，在周圍找了半天也沒找到。

阿豪聽了大笑：「清朝女人穿內褲嗎？」臭魚解釋說：「我也不知女人內衣在古代怎麼說，反正你們知道就行了，別太較真了。」我說：「古代人穿的那個好像叫肚兜。」阿豪、臭魚都連連點頭稱是。

其弟在外邊催促，婦人無奈只得放棄尋找，幸好衣服很長，不至於露了廬山真面目。出了樹林騎上黑驢，匆匆而返。

回到家後，私下裡把此事告訴她的丈夫，丈夫嚇得面如土色對她說：「這件事妳知我知，切不可再對其他人講起。」

婦人不敢再說，但是始終不解其中緣故。

到了晚上熄燈睡覺，二人躺在床上，丈夫很快就進入了夢鄉，鼾聲如雷。婦人想起白天的遭遇，非常害怕，翻來覆去難以入睡。

忽然聽到屋頂有物震響，聲音很大，好像是一塊大石落下。婦人害怕萬分，連忙呼喚丈夫起來查看，但是連喊帶推，丈夫始終一動不動。婦人點上燈燭觀看，發現一把鋒利如霜的刀插在其夫胸口，刀插得很深，拔都拔不出來。

婦人大驚，嚎啕大哭。家裡人聞聲趕至，發現房間門窗關閉得完好無損，都懷疑是婦人謀害親夫。於是抓住婦人到官府告狀。

官府訊問婦人，那婦人一時受驚過度，不能開口講話。直到第二天才略微鎮靜了一些。婦人便把在林中丟失內褲一事稟告官府。

官府命令驗看那處荒墳，只見磊磊高塚，封樹儼然，沒有任何挖開過的跡象。把墓主招來質問，墓主說墳裡埋的是家中的一個小女兒，年僅十一，因患病不治而亡，埋在此處已經十五年了。家裡只是每年春秋時節派人來掃墓，其餘的事則一概不知。

官府告知墓主人案情經過，要求挖墳開棺查看。

墓主堅決不肯，官府無奈，只得強行動手挖墳。

幾名衙役杵作一起動手，把棺材挖了出來，打開一看，眾人無不愕然。

那棺裡並沒有少女遺體，卻有個少年和尚，赤身裸體躺在其中，頭上正蓋著婦女遺失的紅色內褲。胸口上插了一柄鋒利匕首，血跡殷然如新。

詳細走訪周圍的寺廟，都說沒有這個和尚，也無人報官說有失蹤的少年僧人。

案情重重疑難怨苦，官府多次勘察無果，只能懸為疑案。

我正聽得投入，沒想到就這麼沒頭沒腦地完了。

阿豪心細，問臭魚：「你中間說，丈夫聽了他老婆講丟失紅褲衩的事之後非常害怕，晚上就被殺死了，會不會這個丈夫就是殺和尚的兇手？」

臭魚說：「這我就不知道了，我看過的幾本書上都沒有結果，不過婦人的丈夫聽了在墳邊丟失內褲的事之後確實嚇得面無人色，這是書上的原文，我記得很清楚，至於他為什麼不覺得奇怪或者憤怒，而偏偏是嚇得面如土色，這其中很值得推敲。」

我趕緊「噓」了一聲，怕這二位推敲起來沒完沒了，耽誤了正事。

臭魚立刻想到了講故事的目的是什麼，趕緊一把推開阿豪，可憐巴巴地瞪著陳老頭，等他的判決結果。

陳老頭嘆了口氣：「你這故事光有懸念，卻沒有答案，怎麼能讓我滿意？」

臭魚急了，分辯道：「這世上的事，本來就有很多找不到答案。」

陳老頭哼一聲道：「我讓你講故事，又沒讓你跟我說道理。你這故事，當真無趣得很。」

臭魚張口結舌，我看到他眼珠子都氣得綠了。他的脾氣屬驢的，要照他平日的性格，肯定早就破口大罵了。陳老頭的做法也委實有點過分，故事聽完了，根本不加點評，只憑著自己的喜好來判定生死。要不是因為知道他藏了一大堆寶貝兒，只怕我這會兒也要對他惡言相向了。

但是，我還有一次機會，我當然不願意就此放過。

我趕緊拉了臭魚一把，衝他使勁眨巴眼。臭魚跟我挺投脾氣，加上我年長他兩歲，所以，平時我說話，他還能給點面子。

臭魚寒著臉也縮回了身子。

陳老頭連聽了兩個覺得無趣的故事，好像有些不耐煩了。他打個哈欠，指指我，說：「你自己覺得你的故事比他們倆的怎麼樣？如果都是那種道聽途說的貨色，不說也罷。」

阿豪和臭魚臉上都有了慍色，我趕忙搶著道：「他倆說的故事，其實都是前奏，都是綠葉，用來陪襯我這紅花的。您老別著急，喝口茶養養神，慢慢聽我說故事。」

老頭點點頭，道：「希望你不要浪費我的時間。」

瞅老頭那副倚老賣老的醜惡嘴臉，我也有上去搗他個鼻青臉腫的衝動。但我臉上還是帶著動人的笑容，開始講我的那個故事。

第三幕　前塵

在和臭魚、阿豪合夥做生意之前，我在一家私人企業打工。公司的老總叫張濤，是山東清河人，他家祖上都是賣牛雜碎的，年紀比我大個兩三歲左右。他早先跟了同鄉的一位大哥在海南做房地產，後來海南房市崩盤，那位大哥去了緬甸開賭場，張濤捲了一部分錢，自己到上海做生意。

張濤喜歡和公司裡的員工稱兄道弟，不喜歡別人叫他張總而要稱其為「張哥」。

說實在的我對這個人真沒什麼好感，覺得他的作風和經營策略都充滿了小農思想和實用主義。換句話說，我覺得這個人不是做大事的人，很小氣，沒眼光，缺少必要的魄力和智商，經常拖欠員工的薪水。

也不知道為什麼，張濤對我很器重，從沒拖欠過我的薪水，而且公司的一些重大決策都和我商量，我想總不會是因為我也姓張吧？

那天我像往常一樣上班，中午的時候張濤神祕兮兮地找到我，說今天中午要請我到外邊吃海鮮。

我心裡跟明鏡似的：「這傢伙要找我肯定有事，正所謂『禮下於人，必有所求』，古人云：『酒無好酒，宴無好宴。』他這種小氣的人不會平白無故地請我吃海鮮，只是不知他找我想做什麼，我也不理會，且吃了他的再說。」

張濤開車帶我去了浦東新區世紀大道上很奢遮的名豪魚翅城。

我也不問他找我吃飯所為何事，埋頭只管吃喝。

張濤給我滿上一杯酒說道：「老弟，咱們公司也就你是個人才，你剛來的時候我就發現你腦子好使，而且該說的說，不該說的一向都守口如瓶，你很有前途啊。」

我嘴裡塞了一大塊鮑魚，含含糊糊地答應了幾聲，心中盤算：「你把我抬得越高，越是要讓我給你當槍使，我是何等樣人，豈能被你這土老冒兒幾句好話一熏就暈菜。」

張濤自己也喝了兩杯，邊喝邊說出一件事，我聽了幾句，心中已經明白了八九分。原來張濤經人介紹，認識了一個很漂亮的女孩叫王雪菲，張濤看她的第一眼就死心踏地地愛上了她，豁出血本去追求了一年多，對方總算是答應了嫁給他。

可是最近王雪菲和他之間的關係急轉直下，有時約會的時候竟然一句話不說，總是一個人出神發呆，對年底結婚的事也不再提起。

張濤想她可能另有新歡了，不由得又急又妒。追問王雪菲為什麼對他這麼冷淡，是不是和別的男人好上了？

王雪菲連表情都沒有，只是抬起了頭似乎是在觀賞天邊的浮雲，對張濤的話聽而不聞。

張濤對我講了這些就不再說話，連喝了幾杯悶酒。

我知道他是在等我把話接過來，然後就要我為他辦事。我才不會上當，我故意說：「張哥，不就是個女人嗎？有什麼大不了的，她既然是那種不懂得男人價值的壞女人，就隨她去吧。憑你這麼相貌堂堂、儀表不凡，又有這麼慷慨輕財的器量，何愁找不到個好老婆？日後必有良緣，今日一時失意，倒也不用放在心上。」

張濤可能有點喝多了，動了感情，眼淚汪汪地說：「老弟，哥哥就拿你當親兄弟一樣，不怕兄弟笑話，什麼事都不瞞你，我他娘的就認準了王雪菲了，沒她我不能活了。我想求兄弟你幫個忙，你下班之後，晚上悄悄地跟著王雪菲，看看她究竟是不是在跟哪個野男人私會，他娘了屄的，要是真這樣，我非插了那小子不可。」

我心說這不是讓我當私人偵探嗎？這缺德事我可不能做，連忙推辭：「張哥，這事關重大，我又沒當過間諜，要是萬一辦砸了，那不是給您耽誤事嗎？」

張濤從手包裡摸出厚厚的一大沓鈔票塞在我手裡：「現在世道艱難，開個公司實在不容易，每天晚上我都要出去和客戶應酬，根本抽不出時間，所以不得不跟老弟你張這個口，務必務必，千萬千萬，要答應幫幫我這個忙，你一定要找點確鑿的證據出來，事成之後，做哥哥另有一番酬謝。」

我心中有兩個難處，其一，此時此刻這件差事是萬難推托，畢竟是在人家的公司裡打工，飯碗是張濤給的，他讓我做的事我不肯做的話，日後也不要在他的公司裡混了。其二，即便是接了這件差事，但是如果說什麼也調查不出來，在他眼裡我就是無能無用之人，也不要想升職加薪了。就算調查出一些情況，找到了他未婚妻跟別人偷情的證據，俗話說家醜不可外揚，他日後也不能容我繼續留在公司裡做事了。

我答應幫他的忙要被炒魷魚，不答應幫忙也是一樣的下場。還不如我現在就辭職了事，省得日後麻煩。此處不留爺，自有留爺處，處處不留爺，爺去擺地攤。憑我的本事，還怕找不到工作嗎？

不過我看張濤這麼一個男人哭得兩眼通紅，而且一直以來，他為人雖然不好，但對我倒也確實不錯，我若不幫他這個忙，豈不是被別人看成無情無義之人？也罷，管他炒不炒我魷魚，就給他當回槍使吧。

我頭腦一熱，就接受了張濤的委託。答應他一個月之內找到證據。於是我每天下班之後，就開車到西環一大道的鴻發家園王雪菲住處觀察她的動靜。

這時我感覺自己真的成了臭名遠揚的狗仔隊了，為了搜集一些證據，我準備了望遠鏡、照相機、錄音機等裝備，還買了一張假身分證和一張假警察工作證以備不時之需。並找朋友換了一輛舊的白色富康，這種車非常普通，停在哪兒都不起眼。

當我第一眼看到王雪菲的時候，我明白了張濤的感受，她比照片上更有魅力，確實是個讓男人牽腸掛肚甚至連魂都被她勾走的女人。她身材雖高卻十分苗條，容貌極美，臉上畫著韓國魔幻妝，這種妝色彩很濃重，更襯托得膚色白膩滑嫩。

張濤說她三十歲了，在我看來，她也只是二十一、二歲的樣子，真是駐顏有術，不知道用了多少名貴的美容產品。

不過她的美顯得太與眾不同了，也許應該說是美得與世俗的社會格格不入，如果不是受人之托，我真不想和這個女人扯上任何一點關係，因為我有種直覺，這個女人是個有很多祕密的女人，而且是個很危險的女人。任何想接近她的男人都如同是撲火的飛蛾，有去無回。

我觀察了一個星期，發現王雪菲每天晚上六點半前後，就從家裡出來。她有一輛經典款的全紅金龜車，那是張濤給她買的，不過她卻一直沒有開過，每次出門都是步行，或者坐公交車。我在後面跟蹤，看看她都去哪裡，逐漸發現了一些她生活上的規律。

她每週一三五這三天，都要在晚上去黃樓鎮界龍賓館住上一晚。其餘時間則是逛街買衣服，不與任何人交往說話，從沒見過她有什麼朋友或者熟人。

我估計那賓館多半就是她和情人幽會的場所了。不過不曉得她為何要大老遠地跑到郊縣去，市裡有那麼多賓館、酒店卻偏偏不去。

難道是怕被張濤知道？只是定了婚，又沒正式結婚，應該不是因為這個。也許是因為她一直在花張濤的錢，擔心被發現私情斷了財路，看來這種可能性要大一些。

另外還有一個發現，和王雪菲住在一起的有個十五、六歲的弱智少年，整天穿得破破爛爛，拖著兩條青綠色的大鼻涕在外邊到處玩耍，深夜才回王雪菲家裡睡覺。

我問過張濤，他說王雪菲沒有親戚，是個孤兒，也沒有任何兄弟姐妹。看來是她好心收養的流浪兒。

我決定先從這個弱智身上著手，他和王雪菲整天住在一起，多多少少應該知道她的一些情況。

這天傍晚六點，我等王雪菲離開家之後，在樓下找到了蹲在地上玩屠殺螞蟻的弱智，我走過去蹲在他對面跟他一起把螞蟻一隻隻地用手指碾死。

弱智見我和他一起玩，很是高興，抹了抹鼻涕對我傻笑。

我見時機成熟了，就裝作漫不經心地問他：「我是阿華，別人都叫我劉德華，你叫什麼名字？」

那弱智不知道我信口開河，以為我真的叫劉德華，不過他可能也不知道劉德華是誰，吸著鼻涕對我說道：「我小名好像叫寶石，別人都叫我傻寶石。」

我跟他閒扯了幾句，傻寶石說話還比較有條理，我覺得他其實也不是我想像中的那種白痴型智障，只是比起同齡人笨了一些，其智力應該屬於小學一、二年級的水平。他這是人傻心不傻。

我問道：「寶石，我看你跟一個漂亮姐姐一起住，她是你什麼人啊？」

傻寶石只顧低著頭殺螞蟻，捏死十幾隻之後才想起來回答我的問題：「哦哦，那是三姑，我沒家，在街上討飯吃，三姑看我可憐，就帶我回家。」

我心中暗想王雪菲外表冷豔，想不到心地很好，看這流浪兒可憐就帶回家，當真是人不可貌相，只是不知她為何自稱三姑？排行第三？還是有別的含義？

我問傻寶石：「你三姑有男朋友嗎？」

傻寶石聽不懂什麼是男朋友，我解釋了半天，他還是不懂。

我繼續問傻寶石：「三姑帶你回家做什麼？」

「給我好吃的，晚上讓我和她一起睡在軟床上。」傻寶石靠過來小聲在我耳邊說：「三姑是神仙。」

我心中覺得好笑，表面卻不動聲色，鄭重地表示對傻寶石的話十分贊同：「三姑長得這麼美，當然是仙女了。」

傻寶石見我相信他的話，十分開心，接著說道：「她是神仙，怎麼會不美？每次月亮圓的時候，三姑就去樓頂脫光衣服，飛到半空對著月亮跳舞。」

我聽得頭皮發麻，心想：「這傻小子滿嘴跑火車，但是傻子是不說謊的，那是連傻子都知道的。他究竟是真傻還是假傻呢？我在社會上闖蕩了這麼多年，他要是裝傻，我不可能看不出來。」

暮靄蒼茫之中，我看見傻寶石兩眼發直，傻乎乎的沒有任何狡詐神色，絕不是在說謊騙人。

傻寶石看我不說話，就自言自語：「三姑不讓我說的，我給忘了，被三姑知道了我又要挨針扎了，很疼很疼的啊。」說完不停地揉自己的屁股。好像回想起來以前扎針的痛苦。

我聽出他這段話裡隱藏了不少信息，就問道：「三姑會打針嗎？我倒不知道她曾經做過護士。」

傻寶石可能是想起王雪菲說過不讓他跟別人講自己的事，否則就折磨他，很是害怕，搖搖頭不肯說。

此事遠遠超出我的想像，現在若不問個明白，日後不知還有沒有這麼好的機會。

我哄騙傻寶石：「寶石，你放心吧，你跟我說的話我絕對不跟別人講，咱們兩個人是好朋友，好朋友是要掏心窩子的，這叫肝膽相照，任何事都不可以對朋友隱瞞，否則以後沒人願意做你的朋友，也不會有人陪你玩了。」

傻寶石有點動搖了，看來他很擔心沒人跟他一起玩。

我繼續鞏固戰果：「我劉德華發誓，絕對不會把你跟我說的話洩露出去，否則就讓劉德華永遠沒有雞腿吃。你告訴我三姑怎麼給你打針，我就帶你去吃肯德雞好不好？」

傻寶石見我發誓發得誠懇，又聽到有肯德雞吃，終於說了出來：「三姑肚子裡有根刺，扎到人疼得要死。」說著把褲子脫了，讓我看他的屁股。

傻寶石的左邊屁股好像是被巨大無比的毒蟲所螫，又紅又腫。

我暗暗心驚，心想：「月圓的時候脫光了衣服去樓頂跳舞？肚子裡有根刺可以刺人？那是人類能做到的嗎？傻子的話實在難以理解。他所說的究竟是針還是刺？那針會不會是用來靜脈注射吸毒的？」

我想不出結果，又盤問傻子詳情，傻子翻來覆去也只是這幾句對答，而且這傢伙說話太沒水平，講了一大堆，基本上全是廢話。看來他嘴裡確實沒什麼更有價值的情報了。

既然答應了傻子吃肯德雞，說話當然要算數的。如果對一個傻小孩都不能守信用，那乾脆不要做人了。

於是我帶著傻寶石找了家肯德雞讓他吃了個夠，並囑咐他今天的事絕對不要洩露出去一個字。否則我也把他說的話到處傳播，讓他屁股上再挨幾針。

傻寶石最怕打針，滿口答應，並發誓說如果洩露出去，讓傻寶石一輩子沒有雞腿吃。

我知道這個傻子嘴不嚴，稍微用點威逼利誘，他就會說出去，不過我也不怕，讓王雪菲去找劉德華算帳好了，我是絕不認帳的。

傻寶石的話真是雲山霧罩，我越想就越是不解。究竟是怎麼一回事，果然還是要親眼看看才能明白。

轉天正是星期三，我估計王雪菲依慣例要去界龍賓館，便提前開車到界龍賓館等候，想碰碰運氣看能不能拍到幾張她和情人幽會的照片。

我到賓館的時間是晚上七點，時間還早，我就在周圍轉了一圈，界龍賓館的規模相當大，大門前一條林蔭大道，古柏森森，清幽欲絕，整個主樓是五、六十年代的建築，經過半個世紀的風吹雨打，顯得有些殘舊。門面裝修的卻甚是奢華氣派，地面上鋪著腥紅色的地毯，大大的霓紅燈字號隔著老遠就能看到。

大門對面有一家賣酒釀圓子的小吃店，我進去吃了兩份，店主老夫婦十分熱情，招呼的很周到，我平時雖然不經常吃甜食，但是感覺這裡的酒釀圓子比城隍廟的要好吃許多。

正想再吃一份，發現王雪菲到了，我連忙會了鈔跟上去，尾隨著她進了賓館。

在賓館前檯，服務員問我是不是要住店，我說我是去找個人，就問了王雪菲住幾號房，服務員查了一下，告訴我是三樓0311。

我沒乘電梯，從樓梯上了三樓，長長的走道中站著一個年輕的男服務生，見我過來，就主動過來詢問：「先生，您住幾號房間？」

我看了他一眼，他左胸前別著個號碼牌0311，我想這號碼真有意思，和王雪菲住的房間號一樣。我掏出假警察證件對他晃了晃，答道：「我是公安，查點事，你不要多問，也別多說。明白嗎？」

服務生看都不看我的假警察證件，只是盯著我的臉，就像是見到什麼離奇的東西，看個沒完。

我被他看得有點發毛：「看什麼？沒見過警察是怎麼著？跟你一樣，都是一個鼻子兩隻眼。」

服務生說：「表弟，你怎麼也來了？姨夫和姨媽身體好嗎？」

我被他氣樂了，心想：「我家的親戚屈指可數，哪裡有什麼表哥？再說這服務生年紀比我小了不少，怎麼能是表哥，真是亂認親戚。」

0311服務員又對我說：「表弟，你怎麼來這裡玩？趕快走吧，這地方很亂的，不太好。」

我想他可能是認錯人了，這小子既然認我做表弟，我正好將錯就錯，利用這種關係打聽一下王雪菲的事情，便沒接他的話，反問道：「表哥，我跟你打聽個人，住0311號的大美妞兒你見過嗎？她是不是經常來這兒過夜，她跟誰住一起？」

0311說：「見過的，她在這家賓館長期包了房，每星期都來三天，而且固定住在0311，風雨無阻。她是你女朋友嗎？我勸你還是離她遠點，那種女人你是養不起的。」

我假裝真誠無比地懇求：「我就喜歡她怎麼辦呢？感情這東西很怪，自己根本控制不住。表哥你無論如何都要幫我這個忙，我要確定了她確實是另有情人，就死心了，以後絕不會再找她了。」

0311服務生見我說得真摯，只得嘆了口氣，說道：「那好吧，誰讓咱倆是親戚，她房裡確實有不少男人進進出出，我不知道哪個是她的情人。你說我怎麼做才能幫到你？」

我拿出一個小型錄音機遞給0311服務生：「你藉機進去收拾房間，順便把這個東西打開，藏在房間裡，千萬別讓她發覺。」我又拿了兩百塊錢塞到他手裡：「不能讓表哥白忙活啊，明晚這個時候我來取，到時再給你兩百。」

服務生跟我推辭了幾句，見我執意要給錢，只得收了，我便告辭離開。

回去的路上我覺得今天的事實在是順利得異乎尋常，沒來由地冒出個表哥，真是又好笑又奇怪。只要那個服務生把錄音機打開藏好，那麼明天就能拿到王雪菲背著未婚夫偷情的證據了，這事總算是對張濤有個交代。

但是我又有種預感，事情不會這麼簡單就能了結，自己已經被攪入了一個深不見底的漩渦，難以自拔，越陷越深。

我腦海中突然出現了傻寶石的模樣，也不知是何緣故，只是隱隱感到十分不安。寶石雖然傻乎乎的，但是樸實真誠，我對他印象不壞，現在的時代是個越認真、越熱血，就越被看成是白痴的時代，社會上的人虛偽油滑，我倒喜歡傻寶石性格的真實不假。

我決定去看看傻寶石，繞了一大段路到了王雪菲住的小區。平時這個時候傻寶石都在附近玩，今天我在小區裡轉了三、四圈卻始終沒見到他的蹤影。

我問了小區的一個保安，保安搖頭嘆氣：「那個傻孩子真是可憐，今天早晨被一輛拉煤的卡車壓死了，人都壓扁了。」說完一指路邊的一個彎道：「你看，事故現場的血還沒乾。」

我順著保安指的地方看去，雖然天黑，但是在路燈下一大片暗紅色的血跡清晰可見，從這麼大的一片血跡中完全可以想像得出車禍的慘狀。

我心裡有個念頭一閃而過：他的死會不會是昨天我和他談話有關？

想起傻寶石傻呵呵的笑容，心裡不由得發酸。這傢伙可能從來到這個世界的那一刻開始，就沒享受過真正的幸福，孤苦伶仃也不曉得他是怎麼生活的。也不知吃了多少苦，好不容易活到現在，最後卻落得如此悲慘的下場。

有些人一生下來，就容貌俊美、錦衣玉食，精神和物質都極其豐富，可以盡情地享受人生。也有很多人，就連生存所必須的物質資源都極度缺乏，如果說人類的命運是由性格決定的，那麼冥冥之中，人格的高低貴賤、痴傻美醜又是由誰來安排的？究竟有沒有規則，如果有規則，這種規則是誰制定的？如果這些事都是預先安排好的，人生究竟還有什麼意義？

我心裡很不好受，胸口如被刀剜。直覺得身上燥熱難耐，把西裝脫了，領帶扯掉，拎著衣服在街道上盲目地亂走。

走出兩個路口，見前面是一家金壁輝煌的唐宋大酒樓，這時差不多是晚上八點多，正是吃飯的時間，酒樓門前停滿了各種高檔汽車，門前站了兩個穿旗袍的漂亮門迎接待食客，裡面人頭湧動交杯換盞，熱鬧非凡。

我想起來自己從中午到現在只吃了兩份酒釀圓子，腹內十分飢餓。不過我一向對這些人多的高檔酒樓沒什麼興趣，只想去前面找家小館子胡亂吃點東西。

忽然酒樓門前一陣騷動，酒樓的大堂經理拉著一個新疆小孩的耳朵把他從裡面拉了出來，那大堂經理連罵帶打：「小赤佬，跑來這種地方要飯，找死是不是？」

左手揪著小孩的耳朵，右手一記耳光，打得新疆小孩鼻血長流。又罵道：「你這髒兮兮的樣子，給客人添噁心是不是？」說完一腳踹在小孩肚子上，把他踹到門外街上。

我平生最恨仗勢欺人，恃強凌弱。心想這小孩只是在裡面要飯，又沒偷東西，你趕他出來也就是了，何必下狠手打人。

我過去把新疆小孩扶起來，把他領到路邊人少的地方，見他鼻血流個不止，我沒有手帕、紙巾之類的東西，就把襯衣口袋撕下來幫他堵住鼻子止血。

我上學的時候曾經去過幾次新疆，我問那孩子：「你會說漢語嗎？你叫什麼名字？」

小孩點點頭，感激地看著我說：「我嘛，阿斯滿江嘛。」

我笑著說：「我知道，新疆男孩的名字都要帶個江，這個『江』就說明是有氣質的男子漢。你是不是餓了？」從兜裡拿出一百塊錢給他。

阿斯滿江接過錢，從身上掏出一把短刀遞給我：「英吉沙小刀，送給你的嘛。」

我知道這種英吉沙是新疆男子在出門遠行的時候，家裡長輩都要送他一把隨身短刀，表示預祝一路平安吉祥，就像是漢族的吉祥物一樣，從意義上來說是十分貴重的。

我說：「這刀很貴重，我不能收，你好好留著吧。」

阿斯滿江不肯，死活都要我收下，我推辭不掉，只能收了。阿斯滿江說他是跟家鄉的幾個大一些的小孩一起來內地的，他們都去偷東西，阿斯滿江的家裡世代都是阿訇（編按：**回教掌理教務、講授經典的人**），不肯做有失尊嚴的事，但是沒有錢，找不到活幹，只能到處流浪要飯。

我見他可憐，又想起死掉的傻寶石和他年紀相仿，動了側隱之心，於是拿出錢包，裡面大約還有一千多現金，我只留下幾十塊零錢，剩下的都給了阿斯滿江：「這裡的生活不適合你，買火車票回家去吧，家裡的媽媽還等著你呢。」

跟阿斯滿江分手之後，我站起來想走回去取車回家，卻發現酒樓的大堂經理在門前看著我直翻白眼，那意思好像是在說：「你這傢伙，多管閒事，而且給一個新疆小崽子那麼多錢，真是有病。」

他要不對我翻白眼還好說，我一看他這種勢利小人的樣子，不由自主地就怒從心頭起，惡向膽邊生。心想：「我正好要找地方吃飯，今天要不吃你個人仰馬翻，姓張的就不是站著撒尿的。」

當下更不多想，邁步就進了酒樓。那大堂經理見我進來吃飯，馬上換了副面孔，陪著令人肉麻的笑容把我請進裡面。

我挑了張空位坐下，服務員小妹很快就倒上茶來，把菜單遞給我，並介紹說：「先生來的滿是時候的，今天剛好有新鮮的龍蝦，咱們這兒的三吃龍蝦遠近聞名，南京蘇州都有很多客人慕名而來，還有三文魚也……」

我一擺手打斷她的廢話，也不看是不是喜歡吃，就指著菜單上最貴的菜點了七、八個，又要了兩瓶好酒。大堂經理在旁邊看了，雖然覺得我舉動奇怪，一個人吃飯點這麼多菜，但是他看見我剛才給新疆小孩很多錢，出手大方，覺得我肯定是個有錢人，也就不去多問，自去招呼其他的食客。片刻之後，佳餚美酒流水般地送了上來。

我看了那大堂經理的舉動，覺得好笑：「你只看見我給那小孩一大把錢，卻不知道我錢包裡只剩下了五十多塊零錢。」

不一會兒吃得酒足飯飽，覺得身後站著的服務員小妹十分礙事，就打個響指把她叫過來，吩咐她給我再加一份魚頭酸辣湯。

服務員小妹也是沒什麼經驗的，沒看出來我肚子撐得溜圓，哪裡還喝得下湯。她轉身去取湯。我一瞥眼之間，只見周圍的人都各忙各的，沒人注意我，一口喝乾了杯中的剩酒，心中暗道：「張某去也。」一抬腿就往外跑，還沒等大堂經理和一眾服務員明白過來是怎麼回事，我已經穿過了一條馬路，到了十字路口攔了一輛出租車，隨著出租車開動，路邊的街燈不停地向後掠過，心中充滿了活著穿越敵人火力封鎖線的喜悅。只是吃得太多，肚子有點鬧騰，心想下回跑路就不能吃這麼飽了，正想著，只覺肚裡翻江倒海，酒意上湧，趕緊把車窗搖開，哇哇哇地吐了一路。

此後一夜無話，第二天晚上我下班之後，直接去了界龍賓館，我那表哥果然不負所托，事情辦得極其圓滿，把錄音機交還給我。

回家的路上，我迫不及待地把磁帶裝進車裡的音響中從頭播放，發現錄音效果不太理想。

從磁帶中所錄的聲音聽來，昨天晚上在王雪菲的房間裡，的的確確還有一個男人，只是王雪菲的聲音十分清楚，那男人的聲音模模糊糊、斷斷續續，難以分辨究竟說了些什麼。

我雖然不知道那男子說話的內容，但是根據王雪菲的話語推斷，前半段兩人一直在說話，就如同平常兩個人閒聊，都是談些瑣事，無關緊要，也無非就是晚上吃的什麼，新買了什麼衣服、化妝品之類的事情。

後半段兩人可能上了床，不時地傳出王雪菲放蕩的笑聲和呻吟，我正聽得骨頭發酥，錄音帶卻到頭了。

我想憑這盒錄音做為證據，如果交給張濤，似乎欠缺了一點說服力。因為聲音質量實在太差，雖然像是有個男聲，但是每到他的聲音就似乎受到了信號干擾，劈啦劈啦的模糊不清。

突然想起一個人來，我有個好朋友叫劉永利，外號「抄子」，他在電視臺做調音師，他那裡有很多專業的錄放設備，我去找他幫忙，看看能否把這盒錄音帶的雜音消除掉，把原音還原出來。

提前打了個電話到抄子的單位，約了時間過去。

抄子先聽了一遍磁帶，笑著說：「你又想敲詐哪個富婆啊？把人家開房偷情的聲音都給錄下來了，你也太缺德了。」

我說：「我哪損得過你呀，你是專業人士，你要去了，就不錄音了，就該現場視頻直播了。那損招你又不是沒用過。」

抄子嘴上跟我聊天，手中不停地忙活，把錄音轉到了電腦上，看了一會兒，突然不再說話。

我問他怎麼了？

抄子說：「這錄音很怪，你確定是在賓館的房間裡錄的嗎？那房子有多大面積？」

我也沒進去過王雪菲開的0311房，憑經驗說：「怎麼著也有二十平米吧，四星的賓館，雙人間不會太小。」

抄子說：「那就奇怪了，我不跟你說得太專業了，我簡單地給你解釋一下，在一個封閉的房間裡，聲音從人體中發出，肯定會在四周的牆壁上產生聲波的反射，聲波會一層一層逐漸地減弱，空間的大小決定了聲波反射量的長度。你這盒錄音帶中的錄音，從聲波的反射長度上看，錄音的空間只有一隻手掌大小。」

我說：「會不會是錄音機藏在什麼狹小的空間裡錄的？」

抄子搖頭說：「絕對不會，如果是隔著東西錄音的話，那種情況聲波不是向外擴散，而且會有回聲。不過這個女人的聲音倒是正常的，應該是在一間十五平米以上的房間裡發出的。」

我又推測：「男女兩人的聲音是不是後期合成的？」

抄子說：「你開什麼玩笑，這兩人的聲音雖然不像是在一個空間裡發出的，但是這段錄音完全沒有任何合成加工過的跡象。如果中國有人能合成這麼無懈可擊的錄音，他早就被美國情報部門挖牆角挖走了。」

畢竟隔行如隔山，抄子雖然已經盡力用最通俗的語言描述錄音的情況，我還是只聽懂了一小半。我乾脆就直接問他：「你能不能把這裡面男聲的干擾過濾掉，還原本來的真實聲音？」

抄子苦笑著說：「我也算是專家了，但是這活，別說是我，就是把全世界的專家都找來，也沒戲啊。」

我感到很失望，看來前一段時間的工作都白做了。我又想起一件事：「抄子，如果讓你來解釋這段錄音為什麼會錄得這樣奇怪，你怎麼解釋？」

抄子想了想，然後一字一句地回答道：「如果讓我說，那就只有一個解釋，這個男人的聲音，來自另……一……個……世……界。」

抄子的話沒有引起我足夠的重視，我認為他當時只是在開玩笑，事後我和他談起這件事，他說當時確實是隨便說說，因為沒有理論依據能解釋。

為了進一步取得證據，我在週五晚上帶著照相機守候在界龍賓館大門前，從晚上七點一直等到九點，連王雪菲的影子都沒有見到。

一段熟悉的手機合絃響起，看來是有人給我來電話了。我拿起手機瞄了一眼，張濤的號碼。

我把車停在一棵大樹下邊，站在外邊接通了電話。

張濤在電話中問我最近的調查工作進展如何？

我說不是很順利，有不少預想以外的阻力。

張濤說：「兄弟你別著急，這事確實不太容易做，我相信你已經盡力了。客氣的話我就不多說了，當哥哥的忘不了你的好處。」

我一聽這話樂了，我說：「張哥，你看過《絕地任務》那部電影嗎？」

張濤說：「沒看過，怎麼了？」

我說：「在電影裡史恩•康納萊有一句很棒的臺詞：『只有把事情搞砸了的人才會說我已經竭盡全力了。』」

張濤聽了也哈哈大笑：「真有意思，那成功的人該說什麼？」

我說：「成功的人什麼都來不及說，因為他急著回家去操絕代佳人。」

張濤樂得喘不上來氣，用濃重的山東口音連叫：「他娘了個屄的，絕了！他娘了個屄的……」他平時一激動就愛說這句。

我安慰他說：「張哥，你不用擔心，我什麼時候把事辦砸過？上次跟你說了一個月，一個月之內，我一定給你一個滿意的答覆。」

張濤說：「哥就等著你的好消息了，對了，他娘了個屄的，王雪菲那妮子，今天約我晚上十點去界龍賓館見面。你知道那賓館在哪嗎？我怎麼從來沒聽說過有這麼個地方呢。」

我說：「在郊縣呢，離市區有些遠，你開車一進黃樓鎮就能看見，最高的樓就是。以前我也沒來過，因為幫你調查你馬子的事才來了幾次。」

我想起來最近所了解的一些不尋常的情況，想勸張濤暫時不要見王雪菲。

還沒等把話說出去，身邊路燈的燈光突然變黑。

好像是天空中有一個巨大的黑影把我罩住了，耳中聽到呼呼風聲作響，如同是什麼會飛的龐大生物搧動翅膀鼓風，已經近在咫尺，馬上就會落到我的頭頂。

我來不及抬頭去看，拉開車門就鑽了進去。把車門、車窗全部鎖上。

只聽得「崩」的一聲巨響，有一個巨大物體落在了我的車頂，不斷傳出「嘎吱嘎吱」

的爪子撓動車頂的聲音，車身左右搖晃，那動物似乎是想要把我的車頂掀掉。

我心中焦急，這車雖然是舊車，那也是找朋友借來了，被它把車頂揭掉了我怎麼回去向哥兒們交代。趕緊發動汽車想開車逃跑。

只是富康後面的兩個輪子已經被車頂的怪物提了起來，車輪打著空轉，半米也開不出去。

插曲

我不知車頂究竟是什麼東西，一時間束手無策，想找人求援，在顛簸搖晃的車裡向四周看去，街上的路燈竟然全部熄滅了，一絲光亮也沒有。

唯一的光源只剩下車內的儀表盤，我趕緊把車燈全部打開，希望有人看到過來幫忙。

大燈全開，仍然感覺周圍越來越黑，無盡的黑暗正在逐漸地蠶食車燈的光亮。

我心膽俱寒，不過我倒不是怕死，只是在這裡死得如此不明不白，實在是不能接受。隨手在車內身上亂摸，想找些能打鬥的工具，打開車門出去跟它搏一下。

突然在腰間摸到一把刀子，這才想起來是前天新疆小孩阿斯滿江送給我的英吉沙短刀。

其實這種短刀的裝飾性遠遠高於實用性，但是此時有勝於無，刀雖短，卻是開過刃的。

有刀在手，膽色為之一壯，打開車門跳了出去，周圍實在太黑什麼也看不清楚，只見車頂立著一團扇形的巨大黑影，我揮動短刀向它中間猛刺，在這萬分危急情況之下，自身激發出來的潛能超乎想像，這一刀的速度和力量連我自己都吃驚。

「噗」的一聲，手中感覺像是刺進一塊糟爛透了的木板。那團黑影吃痛，吱吱怪叫，越飛越高，終於消失得無影無蹤。

我剛才這一下用力過度，手腳發軟，全身虛脫，仰面朝天躺在車旁，周圍的燈光又逐漸亮了起來。

我正想起身之時，走過來兩名警察，把我從地上拉了起來。

警察問道：「這車是你的嗎？把身分證拿出來看看。」

我莫名其妙地被警察帶到了派出所，警察讓我蹲在牆角，足足晾了我三個鐘頭，我睏得連打哈欠。心想：「我這車是借來的，又不是偷來的，憑什麼抓我？」

找帶我來的警察詢問為什麼抓我，那個警察低頭寫字對我不理不睬。

我心中生氣，對那警察說：「你既然不理我，我就走了。」拔腿就往外走。

警察哪裡想得到我這麼大的膽子，說走就走。站起來一把又把我拉了回來，對我說：「這是派出所，沒事能把你帶來嗎？我不理你是讓你自己好好想想，為什麼事帶你來，你想明白了嗎？」

我知道他在詐說，瞪著眼說：「我真不知道，是你找我，又不是我找你，我哪知道你找我有什麼事。」

警察冷笑著說：「你自己做的事自己不清楚嗎？給你個機會讓你自己說，我要是說出來，性質就不一樣了，我們的執法的政策你應該知道吧。」

我撇著嘴說：「好像是首惡必辦，協從不問，改過自新無罪，反戈一擊有功。而且從不冤枉一個好人，也絕不放過一個壞人。」

警察讓我給氣樂了：「你別跟我扯那些用不著的，坦白交代你自己的問題就行了。」

我有點急了，對警察說道：「我真的沒有什麼問題啊，我紅燈停、綠燈行，一貫的尊老愛幼、遵紀守法，我最愛讀的一本書就是《雷鋒同志的故事》，遠近誰不知道我是出了名的大好人啊。」

警察一拍桌子：「你要是老實人，社會上就沒壞人了。你在飯館裡吃飯喝酒，吃完不給錢，撒丫子就跑，有你這麼學雷鋒的嗎?你自己說說這屬於什麼行為？」

我這心裡懸著的一塊石頭才算落地，心想什麼大不了的事，你不說我都忘了。

我起初還怕警察是因為我偷窺跟蹤王雪菲，或者是購買偽造的假公安證件，攜帶管制刀具的事抓我。

要是因為那三條，隨便哪一條都夠我吃不了兜著走的。

我吃霸王餐的行為相對來說就算不得什麼了，頂多是罰款拘留之類的處罰。

我嘻皮笑臉地跟警察解釋，我是看見他們欺負小孩，我見義勇為來著，我的行為雖然不太恰當，但是動機和出發點還是好的，希望政府處罰我的時候能考慮到這一點，從輕發落。

警察說：「行了，法治社會只重視行為造成的後果，動機只是參考因素。你簽個字吧。」

我一看警察是給我開了張拘留十五天的刑票，後面備註上還寫著處以罰金，並責令改正。

我也沒多看，就簽了字，跟警察說：「還有別的事嗎？沒有就趕緊把我送分局拘留所吧，現在還不到晚上十二點，我現在趕緊進去還能算是一天。」

警察奇怪地說：「我還真沒見過你這樣的，你真想得開，倒一點都不在乎。」

我斜著眼沒好氣地說：「我要是想不開你就不拘留我了是嗎？那我就想不開一個給你看看。」

警察趕緊說：「可別，你還是想開點吧。」

我說：「好像有個偉人說沒進過監獄的人就不算是一個完整的人，看守所雖然比監獄差一個級別，我好賴也算是進去學習一回，滿好的。」

一個多小時之後，警察用車把我送到了分局看守所，我對拘留、罰款之類的事毫不在乎，把心一橫，想都不去想了。

但是在進看守所的一瞬間，我想起一件事來：「糟了，忘了告訴張濤別去見王雪菲了。」

我完全沒有想到，那天晚上的電話是我和張濤最後的一次通話。

被拘留的這些日子裡，雖然吃了不少苦處，卻也從社會的另一個特殊角度見識了一些平常的生活中無法想像到的真人真事。

在那樣一個與世隔絕的地方，每個監號各自形成了一個個獨立的小社會體系。監內的犯人，按照身分不同，依次排出地位等級。最大的頭頭便是號長，享有不少特權。

我被關的所在是一樓甲三，整個監區是按照甲乙丙畫分，甲一是女號，與甲三中間隔這一間空置的甲二。

甲三室是所謂的「小拘」。羈押的都是短期拘留的，人員結構複雜無比，有賭博的，有嫖娼的，有打架的，有賣盜版影碟的，有貼小廣告的，此外還有三、四個殘疾聾啞人，這些啞吧清一色都是扒手。

我和阿豪也是在甲三裡面認識的，他之所以被關拘留，是因為他參加朋友的婚禮，席上喝得多了，認不得回去的路，便去敲一個老太太的家門，那老太太嚇得不輕，不敢開門，阿豪就用手那家的玻璃砸了，手上被碎玻璃割了不少口子，後來有路過的人打了110，他就被關進了拘留所。事後如果不是警察告訴他他的所作所為，他自己根本就完全不知道做過什麼。

有些情況是我沒進去前無論如何也無法想像的，首先一個沒想到的就是人太多。十幾平米的地方關了四十多人，睡覺的時候一層碼一層，足足摞上三層才睡得開。

若是不幸被壓在最下面一層，那就不要想睡覺了，整夜都要提防別人的臭腳伸到自己的嘴裡來，為了不被活活憋死，隔幾分鐘就要把上面的人推開，呼吸幾口空氣。

早上起來更是要命，四十餘人合使一把牙刷刷牙，那牙刷上紅的、黃的、綠的五彩繽紛，讓人噁心得想吐。

還有一個沒想到的是，裡面並不是整天吃窩頭、白菜湯，只要你有錢，基本上想吃什麼就能買什麼。包子，紅燒肘子，麵包夾火腿，雪糕等等應有盡有，香煙也有三五、紅雲、昆湖三種。

但是如果沒錢的話，每天能吃的就只有窩頭、白菜湯。其實那種白菜湯可能連湯都算不上，把整棵的大白菜隨便切碎了，然後裝到水桶中，倒入開水，放一把鹽，撒上幾滴油，就算做成了。

有個因為在大學校園裡對女學生亮雹把的老流氓，他看了我的拘留刑票之後，對說說：「你這事不是拘留罰款那麼簡單，你最少得被勞動教養一年。」

我聽後大吃一驚，連忙問是怎麼回事？

老流氓說：「我活了六十多歲，在監獄裡就待了四十多年，你這刑票上寫的雖然簡單，其中卻大有文章，除了拘留、罰款之外，最後這幾個字是：並責令改正，這就說明要判勞動教養。」

我笑道：「你個死老頭別嚇我，判一年勞動教養不是小事，怎麼著也要開庭審理吧？警察怎麼什麼都沒跟我說就定下來了？」

老流氓說：「你不懂法律啊，違法的是勞教，犯罪的是判刑。違法是人民內部矛盾，犯罪是敵我關係。勞教又叫作強勞，是強制的，根本不用審判開庭，而且也不會讓你緩期執行，所以有句話進來過的人都知道，那就是寧捕不勞。」

聽他說得煞有介事，我不由得心下黯然。想到要勞教整整一年，也不免有些著急。

老流氓幸災樂禍地說：「別著急了，反正才一年，也不是很長，我這次也是一年，咱倆正好做個伴。」

我聽得大怒，抬手一個通天炮打掉了老流氓的兩顆門牙，周圍的人趕緊把我攔住，這時看守所的管教聽到騷動，過來查看。問明了事情原委，把我關到了單人禁閉室。

我進了單人禁閉室後十分後悔，早知道打了人就能被關單人禁閉室，還不如早些找個人來打了，也不用在甲三室擠了這許多時日。

那日晚上，我找看守所的管教借火點了菸，一個人在黑暗的牢房中坐著抽菸，忽然鐵欄杆外飄進一個人，他穿著賓館服務員的制服，胸前識別證上有四個數字：0311。

我見界龍賓館的0311號服務員虛虛渺渺的身影飄進了禁閉室，一陣陰寒的氣息撲面而來，當時將初春，正是春暖花開之時，卻覺得斗室之中的空氣似乎可以滴水成冰，忍不住全身顫抖。

看守所的禁閉室很深很窄，寬度不足一米，人在裡面橫向伸不開手臂。身處其內，壓抑難當，又見到如此詭異的情形，一陣陣的絕望衝向我大腦皮層之下的神經中樞。

0311背對囚室的鐵門，把外邊走廊中本就昏暗的燈光完全遮蔽。我心想此番休矣，定是我讓我這亂認來的表哥去偷錄王雪菲偷情的聲音，被她發現，遭了毒手，他不敢去報復王雪菲，卻來找我索命。

我想張口求救，由於全身肌肉過於緊張，雖然張大了口，但只有聲帶振動空氣的聲音，硬是擠不出半個字來。

聽著自己喉嚨中發出的「呵……呵……昂……」的怪異聲音，更加重了內心恐懼的情緒。

我平時灑脫自如，生死之事也一向看得甚輕，從沒像現在這麼害怕。可能是由於第一次親眼見到鬼魂，顛覆了多年以來形成的唯物主義價值觀。所以心智身體皆廢，只有閉上雙眼等死。

閉眼等了良久，卻不見那服務員的鬼魂上來殺我，此時我已經略微恢復了一些膽子，稍稍鎮定了下來。睜開眼睛去看，只見那服務員就在我面前站著，不過似乎並沒有想要加害於我的舉動。

我想跟對方說些什麼，探明他的意圖，但是剛才太過緊張，現在心中仍是極為慌亂，一時不知該從何談起。

還未等我想到要說什麼，0311就對我說道：「表弟，過幾日我就要走了，心裡最記掛的就是你，前兩次見你，都是來去匆匆，未及詳談，今天特意來和你告別。」

我見他確實沒有歹意，就隨即鎮定了下來。心想絕對不能拆穿他認錯人這檔事，不然他一怒之下，搞不好會對我做些什麼。

0311看我不說話，以為我還在害怕，於是說道：「別怕，我雖然是鬼魂，卻不會害人，更加不會傷害自己的親人，咱們雖然是表兄弟，但是從小一起長大，比同胞兄弟關係還好，我只是想問問你，這些年來過得好嗎？」

我暗想對答之中千萬不可露了破綻，只能避實就虛，盡量說些模稜兩可的廢話，於是隨口支應道：「不算太好吧，到處打工嘛，吃得比豬少，幹得比牛多，睡得比狗晚，起得比雞早……很是有些辛苦。」

我說這幾句話的同時，腦子飛快地運轉，心想在這種問答式的交談情況下，等著他來問我，實在太被動，不如搶了他話題的先機，反客為主。

我不等0311對我前一句話做出反應，就繼續說道：「我說表哥，咱們兄弟多少年沒見了？我都記不太清楚了，你還記得嗎？」

0311說道：「我當然記得了，自從一九八〇年你去了那個地方之後，咱們就再沒見過，二十年都出頭了。」

我見有了些眉目，再多套出些話來，就能理直氣壯地冒充這個鬼服務員的表弟了，便摸著自己的頭又問道：「表哥，我最近腦袋讓門給夾了一下，有點不太好使了。以前的事，我要是不細想還真想不起來。你還記得當初咱們為什麼分開這麼久嗎？我當時去了哪裡？」

0311也伸手摸了摸我的腦袋，關切地說道：「你腦袋讓門夾了？那可不得了，一定要及時找醫生看看。如果留下什麼後遺症，很是麻煩。八〇年的時候，你告訴我說你在一個小村子中發現了一座唐代古墓，你覺得很有學術研究價值，打算自己一個人去做一份考查報告。可是你這一去就再也沒回來，咱們家裡人去那個村子找你，結果就連你去的村子都沒找到。」

我心中暗想：「這個鬼果然是個笨鬼，算不清楚年頭，八〇年的時候我才剛三歲，人口販子給我塊糖都能把我給拐走賣了，更別說去考古了，古考我還差不多。現在有一點可以確定了，看來他確實是認錯人了，只不過我和他表弟長得外貌極為酷似，所以他才沒有察覺。」

我擔心他再盤問我考古方面的事，就趕緊跟他說些不相干的閒話，分散他的注意力。我忽然想起張濤來，便問0311有沒有在賓館裡見過張濤。

0311服務員想了想，說道：「我不知道哪個是張濤，不過關於那個女人的事我正想跟你說說。你如果再跟著她，早晚也要把命送在她的手裡。她的老窩就在我們那兒，平時我們受她的脅迫，敢怒不敢言，恰好昨天，她又帶回去一個男人，她吃了那個人之後，就全身被繭絲包住，動彈不得了，我們想動手除掉她，可是她身上包的繭硬如鋼鐵，我們用了各種辦法，都不奏效。於是把她裝在盒子裡埋在0311門前，她永遠都出不來了。不過你千萬不要去打開盒子去看啊。」

我想起那天夜裡在賓館門前遇襲的事，難不成她是什麼蟲子成了精？欲待細問詳情，卻見0311慢慢隱入牆壁，消失不見了。

我摸著那面牆壁發呆，只聽得「噹噹噹」幾聲響亮，原來是看守所的管教用警棍敲打禁閉室的鐵門：「你，法治科提審。」

至於我家裡人如何上下疏通打點，把我從裡面撈出去的情由，不足一一細表，就此略過。

我被拘留了十四天，就給放了出去，剛進去時的種種英雄氣概，在不到半個月的時間內都被消磨得一點不剩。重新看到外邊的天空，才算正經地體會了自由的意義。

我在洗浴中心泡了一通，晚上回家蒙頭就睡，這一場好睡，直睡了一天兩夜方才醒轉。

早晨起床之後，到公司去看張濤，發現公司早已關門大吉了，員工人等也作鳥獸散，想找個人來問問情況都找不到。

張濤的人品我雖然瞧不上，但是他對我實在是不錯，我決定到界龍賓館去看看有沒有他下落的線索，不管他是死是活，不看個明白，終究是不能安心。

去黃樓鎮的路我在這一個月中熟得不能再熟了，此番驅車前往，自然是輕車熟路。但是我按平時的路徑兜了三個圈子，竟沒找到地方。心中暗暗奇怪，可能是因為往日都是夜裡來，這次白天來遠處的參照物不同，導致走錯了路。於是減慢車速在路邊緩緩行駛，仔細地看路邊建築。

忽然發現前邊路口有家賣酒釀圓子的小吃店，自己曾經在吃霸王餐那天在這家店裡連吃了兩碗。界龍賓館正門前的林蔭道應該就在小店對面，可是放眼望去，只見沿途古柏森森，並沒有賓館主樓的蹤影。

我把車停下，走進小吃店，要了一份酒釀圓子，店中招呼客人的，卻不是上次見的那對年老夫婦，而是一對中年夫妻，圓子的味道也比上次差得多了。

我問店中的老闆這裡對面的界龍賓館是不是拆了？

中年老闆一邊忙著手中的活計一邊答道：「這裡哪有什麼賓館？對面一直下去是浦東新區黃樓鎮界龍公墓。」

我聞聽此言，差點沒把口中正在吃的東西噴到對面食客的臉上，趕緊用手捣住，強行嚥了下去。

老闆娘在旁邊接口道：「以前倒是個賓館，二十年前一場大火燒成了一片白地，連周圍的居民都燒死了不少，我們這個小店沒倖免，這店是我祖傳的家業，我父母也在那場火中喪了命。那真叫一個慘啊。」

老闆聽了老闆娘的話，也回憶起往事，神色悲傷：「是啊，賓館裡一百多人和周圍的不少居民都給活活燒死了，後來想在原址上再建賓館，但是又擔心死的人太多，沒人敢來住，就把這塊地規畫成公墓了。」

我心中冰涼，直如分開六片頂陽骨，一桶雪水澆下來。

老闆娘說她父母也死於那場火災，這家店別無其他主人，我那日晚上在這吃東西，難道那年老夫婦是火場亡魂？我試探性地問了一句：「老闆，你這店晚上營業嗎？」

老闆答道：「下午一過三點就關門了，這邊人少，白天就是做些掃墓客人的生意，晚上可沒有人願意來這裡閒逛，呵呵，我晚上還賣給鬼吃不成？」

我聽得後脖子直起雞皮疙瘩，一刻也不願在此多耽，馬上想要離開，上車之前，我忽然想到了在看守所禁閉室裡聽0311服務員說的，把王雪菲關在盒子中埋在門前的事情。

我心想若不看個明白，晚上肯定睡不著覺，把恐懼二字扔到了腦後。有時候真的是很痛恨自己的好奇心，明知不該去看，但是兩條腿不聽使喚，邁步走進了墓園。

可能距清明節尚遠，園中一個掃墓的人也沒有，墳墓層層疊疊，排列得十分整齊，緩緩上升的山坡夾道中栽種了很多松柏類常青樹木，白天看來依然顯得格外清幽肅穆。

我看墓碑上都有編號，很容易就找到了0311，墓碑上的照片正是我見過三次的賓館服務員。想必當年他就是死於那場大火。我們兩個雖然人鬼殊途，但是亂認了一場表兄弟，心中也著實對他有些好感，下次應該帶些鮮花清酒，在他墓前祭拜一下，也算對得起他了。

細看周圍的環境，這裡多半便是賓館0311的門前了，他把盒子埋在哪裡了呢？腳下都是紅色長磚鋪地，正對著墓碑的一塊磚四邊有些碎土，我想這多半便是埋盒子的所在。

用手輕輕一起磚頭，竟然不廢吹灰之力就揭了開來。下面是個體積不大的骨灰盒，棗紅色漆身，頂上是大理石的面，四周鑲嵌著銀製花紋裝飾。

我把0311服務員告誡的不可打開的話忘到了九霄雲外，用手把盒子上面的銀栓解開，緩緩打開一條細縫，想看看王雪菲是怎麼被裝進這麼小的盒中。

剛把盒蓋開啟，裡面就飛出一隻像是飛蛾的東西，也就是指甲蓋大小，那蛾子雙翅迎風，每搧一下就變大一倍，我面前出現了一幅不可思議的景象。

頃刻間，飛蛾已大如傘蓋，牠身體黃一道、黑一道，如同蜂蛹，雙翅像是蝴蝶，翅膀上面的花紋圖案好似花草雲霞，各色繽紛，燦爛無雙。雖有工於畫者，也不能描其美。

那似蝶似蜂的怪物翅膀變幻莫測，圖案剛剛還是山水花草，瞬間又幻化為工筆仕女圖，圖中美女雲鬟高挽，凝眉秀目，逼真得呼之欲出，其美攝人心魄。

時而又化為宮闕重重，雲霧繚繞，亭臺樓閣之上雕梁畫棟，其間有仙人若隱若現，令人眼花繚亂，心旌神搖。

我被牠翅膀上的花紋之美所震懾，忍不住想離近觀看，一時竟忘了此刻生死繫於一線，想不起來要逃跑。

怪翅搧動，有一股異香竄入我的鼻腔，我鼻中的鮮血就像自來水一樣流了下來。血流入口，舌間感到一陣鹹腥，全身一震，頓時清醒了過來。

此時，我已與那怪物近在咫尺，來不及多想，用手摀住鼻子止血，轉身就向後跑。怪蝶嗤嗤怪叫，一展雙翅，隨後趕來。

我聽得身後風聲，知道牠離我極近。心神激盪之下，腎上腺素急速飆升，頭腦越發清醒，心想陸軍是絕對跑不過空軍的，若是筆直向前狂奔，便是再有一百條性命，今天也一發斷送在此了。

於是轉身一閃，不跑直線，繞到賓館服務員墓碑和牠兜起了圈子。

怪蝶雖然一時奈何我不得，但是人力終究有其極限，如此繞下去，終究會力竭而止。而且鼻中血流如注，來不及採取應急措施止血，就算不累死，只須再流上兩分鐘鼻血，多半也是無倖。繞了幾圈之後，頭腦發暈，腳下就如同踩著棉花，馬上就會暈倒。

墓園中清幽寂靜，絕無人蹤，只是偶爾有數聲鳥鳴從林間傳出。我向遠處的天空望了一眼，發現以前見慣了的藍天白雲竟然如此綺麗動人，心中對生命眷戀無比，今日實在是不想命喪於此。

怪蝶追了幾圈，發起狂暴急躁的性子來，不再同我轉圈，騰空而起，凌空落到我的面前，雙翅鼓風，產生了兩股強大的氣流，阻住去路。

我無法再跑，只得背靠墓碑坐在地下。

只見怪物下體之中，「噌」的一聲探出一根略呈弧度的尖刺，日光照耀之下，尖刺發出金黃色的光澤，刺身上還有無數細如毛髮的倒刺。

我心中一寒，傻寶石說的果然不假，我太大意了。

隨著呼嘯一聲，尖刺衝我直刺而來。我失血太多，難以支撐，但是死到臨頭，求生的本能把身體中最後剩餘的幾分體力爆發了出來，左手猛按墓碑側面，右手撐地，在這千鈞一髮之際把整個身體向左甩出。

那怪物來勢太猛，把體內的針尖全部插入了墓碑，想拔卻拔不出來了。急得牠連連怪叫。

我連忙撕下一塊衣服塞住鼻子，暗自慶幸，心想我這腦袋可不如石頭墓碑結實，被刺中了焉有命在。

既然那怪物脫身不得，我可不能在此慢慢等你拔出刺來，此時不跑，更待何時。我回去就搬家到新疆去，你再想殺我恐怕也沒那麼容易。

打定主意，轉身就逃，跑出五十多步，忍不住回頭看一眼那怪物有沒有脫身。

沒想到那怪物已經一動不動，身體變得枯黃，我停住腳步仔細觀瞧，發現牠竟然在蛻皮。

我心中發起一股狠勁，心想如此良機，若不順手宰了牠，縱然自己逃得性命，牠也必然繼續為害一方。我此時怎麼能貪生怕死，只考慮個人安危。

只是手中無有器械，卻又如之奈何？環視左右，發現路邊有幾塊山石，最小的一塊約有十七、八斤的分量。我何不趁其蛻皮的機會將牠砸個稀爛。以前打架經常用板磚拍人，這山石雖然使著不順手，但也將就著能用。

我抱起那塊石頭，走近怪物的所在，只見牠就如同蟬蛻一樣，剛才還五顏六色的外皮變得枯黃焦萎，尾上的尖刺仍牢牢嵌入墓碑，腹中破了一個口子，裡面黏呼呼的軀體正在掙扎著往外鑽。

我大笑一聲，舉起石頭就砸，怪物在枯皮裡面的軀體疼痛得抽搐扭曲，不斷有腥臭無比的墨綠色汁水冒出，也不知是牠的血液還是什麼。

我毫不手軟，既然動手了，就絕不留情，仔仔細細地從頭開始，用大石頭一下一下地狠狠砸牠。

其實此刻我也是害怕已極，雖然一向認為自己絕對是個心狠手辣的人，但是畢竟從來沒殺過這麼大的生物，以前頂多就是弄死幾隻老鼠、蟑螂之類的小東西。

只得一邊砸一邊說話給自己壯膽：「你還想吃我？吃了我的老闆也就算了……我是什麼人？能讓你吃了？……我跟總理握過手……我跟總書記合過影……我……我他媽的還是全國十大傑出青年呢我……我讓你追我……你看我不砸扁了你……」

也不知砸了多久，手中的石頭終於碎成了若干塊，虎口被震破了，全身都是自己的血和怪物的綠汁，衣服也被刮破了幾條口子，真是狼狽不堪。

低頭看看怪物，基本上已經沒有形狀了，能砸到的地方全砸了兩遍以上。

我坐在墓碑旁大口地喘著氣，也許是我命不該絕，最後竟然活了下來，雖然是慘勝，但總算是把這天殺的王雪菲送去了另一個世界。

這時我發現幕碑後面有一個類似蜂窩的三角形小土堆，用手一摸之下，原來那土堆是一種類似透明分泌物凝固之後形成的蠟狀物質，上面留有一個小小的洞穴，剛好可以讓一隻飛蛾大小的昆蟲進出。

看來這就是服務員亡靈所說的，王雪菲的老巢。

我用手把它從中間扒開，那巢建得甚是堅固，連加了三次力，才掰成兩半。裡面的空間大約和骨灰盒差不多大小，陽光照耀之下，洞中的事物亮晶晶的耀眼生輝，竟然全是白金項鏈、鑽石戒指之類的珠寶，足有上百件之多。

掏出來兩樣拿到眼前細看，都是如假包換的真貨。估計都是那怪物生前害過的男人們給它買的。

世人皆愛財，常言道「人為財死」。想不到這怪物也是個貪圖富貴的，真可謂是與時俱進，順應時代的潮流啊。

我喜出望外，心想今天總算沒白忙活一趟，這些珠寶項鏈，我就不客氣地收下來，就算是這怪物賠償我的醫藥費和精神損失費。剛才雖是九死一生，也不枉我受了這一番驚嚇。

在物質文明的刺激之下，手上的傷口似乎也不疼了，剛剛還因為失血過多感到頭昏眼花，現在也立刻變得精神煥發。

我把裡面的財寶拿出來，用外衣包了個小包，拎在手中，對著賓館服務員的墓碑拜了兩拜，又回頭望了一眼地上怪物的殘骸。自言自語道：「良園雖好，卻不是久戀之所，洒家去也。」

隨即步履蹣跚地離開了界龍公墓。

後來我用這些珠寶變賣得來的錢做為資金，同阿豪、臭魚一起做了藥材生意。

一年之後無意中看到一條新聞，在本市黃樓鎮界龍公墓中，管理人員發現一個埋有大量屍體殘骸的洞穴，屍骸全部屬於成年男性，經鑒定，大部分為東亞人種，少數為歐洲人，據保守估計，屍體數量在兩百具以上。死因及時間等目前仍在進一步調查之中。

我暗自吃驚，那怪物竟已害了這麼多人，想想也真可怕，就差那麼一丁點，否則自己現在也上新聞了。

不過隨即又有些沾沾自喜，覺得自己為民除害，單槍匹馬地解決了這麼厲害的怪物，真可謂是蓋世無雙的豪傑身手，比起當年的那些大俠恐怕也不遑多讓。

可惜當時沒有目擊者和媒體現場直播，不然我名揚四海，不知道有多少美女會被我的事跡感動，主動送上門來。

唉，運氣不好啊，只能繼續沒沒無聞了。想到了莫斯科無名英雄紀念碑上的銘言來安慰自己：他們的名字無人知曉，他們的功勳永垂不朽。

第四幕　分屍

我的故事講完，屋裡鴉雀無聲。我轉頭看看阿豪、臭魚還有陳老頭，全都目不轉睛地盯著我看。我被他們看得有些發毛，一巴掌先拍臭魚腦門上去：「看什麼看，中邪啦？」

臭魚拍巴掌，阿豪也跟著拍，兩人一齊作仰慕狀。

阿豪說：「你可真能編啊，是早就打好腹稿了，還是臨場發揮現謅的？」

我咧著嘴笑道：「我這麼誠實的人能編假話嗎？那些都是我的親身經歷。」

臭魚喊一聲，話裡已經帶上了調侃的味道：「你丫真殘忍，那麼一個會變大美女的蝴蝶就讓你給活活砸死了。」

我說：「不給它拍扁了，我還留著她生崽子嗎？我只恨天下沒有這麼大的蒼蠅拍，害得我很辛苦的一點一點地用石頭砸。」

臭魚說：「你可真沒經濟頭腦，這要是活捉了，或者做成標本什麼的，拉到中東去，賣給哪個喜歡搞收藏的石油大亨、王子之類的人物，咱們下半輩子都不愁吃喝了。」

我說：「你趕緊歇了吧，就屬你聰明。咱們要是倒賣這種怪物，搞不好被公安抓了，給咱們扣上個走私國家特級保護動物之類的罪名，咱下半輩子就真不愁吃喝了，在監獄裡面天天吃窩頭去吧。」

臭魚說：「這樣的怪物怎麼能算是國家特級保護動物？我看比起國寶也差不多。比大熊貓值錢。」

我說：「反正在中國，稀少的東西都值錢，咱們這就一樣東西多，也最不值錢，你知道是什麼嗎？」

臭魚說：「我當然知道了，咱們中國就是人多。」

我們三個平日在一塊兒耍嘴皮玩習慣了，到哪兒都改不了這毛病。那邊的陳老頭聽得很茫然，他忽然重重咳嗽一聲，暗示我們該輪到他說話了。

我們三個住了嘴，忽然這時候，外面響起敲門聲。

這麼晚了，外面雨又這麼大，除了我們，誰還會深夜趕路，而且停在這前不著村、後不著店的鬼地方？陳老頭站起來，嘆口氣，好像挺不高興又有人來打擾他。

我們三個互相看了看，都對來人充滿了敵意。

這時候來藥鋪的人，不用說，肯定抱著跟我們同樣的目的。陳老頭那些寶貝兒，任何一件拿出去，都夠人吃喝一輩子還帶拐彎的。誰知道有這種好事，肯定都眼巴巴往這兒趕。天下甘於「人為財死，鳥為食亡」的主兒多了去了。但這些傢伙啥時候來不好，偏偏要跟我們撞車，也就是說，如果陳老頭今晚只願意賣一件寶貝兒，那麼，我們就有了些競爭對手。

不一會兒，聽見外面有人說話，隔得遠，說什麼聽不太清，隨即腳步聲傳來。陳老頭走前頭，後面跟著兩個女人。

見到女人，阿豪和臭魚就開始笑，我比他們倆笑得還燦爛。

我們三個一齊歪頭衝她們揮手打招呼。

兩女人，一大一小。大的二十七、八歲，小的二十左右，穿著時髦，模樣也都長得挺俊，擱哪兒都能算得上美女。碰上美女，哥幾個當然也不會錯過機會，不過夜深人靜，大雨滂沱，荒郊野外，這幾個詞無論如何都沒法跟美女聯繫在一塊兒。聯繫上了，必有古怪。

我心裡警覺，但看臭魚跟阿豪笑得沒心沒肺的樣子，又不甘示弱，生怕美女落他們倆手上，三個男人兩個美女，套句老話就叫做狼多肉少，不定最後淘汰了誰。

兩美女倒也落落大方，上來跟我們打招呼。

那邊陳老頭和善地給她們讓座，還親自上去給她們倒茶。女人的待遇就是不一樣，這陳老頭年紀雖大，看來也是色心不死。陳老頭可能察覺到了我們的心思，冷冷地衝我們道一句：「人家只是到我這裡來避避雨，不像你們，是有所圖謀而來。」

原來，陳老頭剛才開門時，就問明了兩個女人的來意，確定她們並不是衝著他的古物而來，自然要和顏悅色得多。

兩美女坐下，臭魚嘻嘻笑著介紹了我們三個，她們倆也自報家門，她們是師範大學的師生，老師名叫藤明月，學生叫陸雅楠。

我問藤明月：「我們抽菸，女士們不介意吧？」不等她回答，就掏出幾根菸來分給臭魚、阿豪，然後遞給陳老一枝，用打火機給陳老點上。

陳老抽了兩口，突然把目光停在我的臉上。我心說：「這老頭，放著美女不看，看我幹什麼，是不是同性戀？」我開門見山地直接問道：「陳老，您盯著我看什麼？我長得不好嗎？」

陳老頭還是盯著我看，道：「我看你長得很像幾十年以前來過我們這個小村子的一個年輕人，想不到天下竟有這麼酷似的兩個人。」

我笑著說：「天下這麼大，長得像的人還是有很多的。演國家領導人的那些特型演員不就是例子嗎？」

陳老頭鼻孔眼裡往外噴口氣，頭轉向一邊，不看我了。

那邊的藤明月這時從包裡取出一盒巧克力，大夥兒正好肚子都有點餓了，當即也不客氣，接過來就吃。

臭魚三兩口把自己那份巧克力吃完，一看陸雅楠那份才剛吃了一小口，馬上露出憨厚的笑容：「妹子，巧克力可不是這麼吃的，妳這吃法不對，我這當哥的不能視而不見，我來教教妳吧。」

陸雅楠笑著說道：「吃巧克力還有什麼方法嗎？啊，我知道了，你是說和室內溫度有關對不對？我以前看雜誌上介紹過。不過我可不是你妹妹，你長得這麼黑，咱們怎麼看都不像兄妹啊。」

臭魚伸手把陸雅楠沒吃完的巧克力拿過來：「又不真的是親兄妹，咱這麼稱呼不是顯得我沒拿你當外人嘛。我也不是說巧克力的吃法，我是指吃巧克力時的方式。我來示範給你看看。」

說著話之間，臭魚把巧克力全部塞進了嘴裡，單手托腮做沉思狀說道：「一邊大口的嚼著香濃的巧克力，一邊思索一下未來人生的道路，這才是正確的生活方式啊。」

真可說是水至清則無魚，人至賤則無敵，臭魚的臉皮比城牆拐角都要厚上三尺。眾人大笑，雨夜之中原本有些壓抑的氣氛都煙消雲散了。

這時，一隻在那邊悶聲不響的陳老頭忽然衝著我道：「其實那怪物不是蝴蝶，我年輕時也見過一隻。」

我怔一下，立刻想到了自己剛才編的故事，便問那怪物要不是蝴蝶，會是什麼。

陳老頭說道：「但凡人遭橫死之後，心中一股怨氣難消，這股氣無形無色，要多日方才散淨，如果恰遇多股怨氣凝聚，這股氣又聚於蟲巢附近，蟲蟻蝶蜂之屬吸收了這種怨氣就會變異成精，以陽氣足的成年男人為食，牠們每吃一人，就要作繭蛻皮進化一次，每蛻一次皮，牠身上的圖案花紋就更加美豔一層。」

藤明月和陸雅楠不知道我們說什麼，坐她們邊上的臭魚簡單跟他們說了講恐怖故事的事，這兩美女對此頗有興趣，豎著耳朵聽我們說話。

我問陳老頭這種怪物叫什麼名字。

陳老說道：「此物名為喪哭，又名屍璧，在道教典籍中多有記載，並不足為奇，亂世之時尤多。」

我對陳老頭說道：「喪哭？怪不得有人叫牠三姑，原來是這麼個三姑。」

阿豪從我講我的經歷開始就始終不發一言，仔細地聽著每一句話，這時冷不防地問了陳老一句：「老伯，你們這個村裡有沒有什麼唐代古墓？」

陳老聽了阿豪的問話，全身一震，臉上微微變色，說道：「這話從何說起？我在這村裡住了六十多年，可從來沒見過有什麼唐代古墓。」

我見陳老頭動怒，趕緊上前轉移話題。我說：「您老覺得我那故事怎麼樣？能過關嗎？」

陳老頭臉色舒緩了些，眉頭皺起，有些猶豫不決：「你的故事聽來倒還算有趣，比他倆的強多了。但是，我還是覺得不過癮，總覺得少了些什麼。」

我氣得直翻白眼，這老傢伙臉皮奇厚，居然能說出這等無賴的話。但偏偏他說什麼，我們都得聽著，除非真像來時說的那樣，把這老不死的掀翻在地，然後把這裡洗劫一空。

這時一邊的藤明月道：「我都沒聽見你們剛才講的故事，現在再說一個吧。」

我有些累了，心裡還有氣，就對她說我小時候得過小兒痲痺，大腦容量有限，只會講剛才那一個故事，其餘的一概不會。

陸雅楠一看就性格開朗，當即自告奮勇，說她給大家講一個。

我們三個這會兒心裡都挺氣陳老頭的，有個小姑娘進來插科打諢，倒也覺得有趣。陳老頭喜歡聽故事，他當然也不會反對陸雅楠講故事。

於是，陸雅楠坐下來，字正腔圓地開始說。

借髮

有個工人，叫小丁，二十七、八歲年紀，大學畢業後，本以為能找到一份好工作。結果人才市場泡了一年多，希望破滅，只能乖乖進了一家工廠。現在的大學生值不了幾個錢了，滿大街都是，小丁也只能面對現實，夾起尾巴來做人。

工作幹了四五年，小丁的勤快聰明終於熬出了頭。他替廠子裡寫的一份報告文學在省裡獲了獎，美美地替單位領導吹噓了一回。單位領導一高興，就把他調到辦公室去了，大小材料都交給他來寫。雖說小丁只是辦公室裡一個小辦事員，但不用穿著骯髒的工作服，成天在車間裡幹活，這就算跟普通工人有了質的區別。也就在這時候，他通過人介紹，認識了一個女朋友。女朋友在另一家企業裡幹會計，長得特別水靈，那皮膚比廣告裡的模特兒還好。這小丁一眼就相中人家了，隔三差五就大獻殷勤，每個月的工資，大半都花在了她的身上。這樣戀愛了大半年，兩人終於把婚事給辦了。

生活在一起，小丁漸漸發現了老婆有很多可疑的地方，比如有時候三更半夜才回來，打她電話也不接。每個月都要買好些衣服化妝品，那些錢也不知道從哪兒來的。小丁經過耐心偵察，終於發現了老婆的祕密。

原來老婆以前在那家企業裡，就是一名檔車工，後來跟廠長上了床，先是調到了化驗室，接著又到了財務科。她跟廠長苟合的事情，在廠子裡是無人不知無人不曉。廠長不願意跟自己老婆離婚，又想跟她長期保持這種苟合的關係，所以就托人替她介紹了對象。

知道這一切，小丁怒不可遏，但又無計可施。老婆說：「你要離婚，明天我就跟你去民政局。就你這小樣，能娶到我，已經是你福氣了。」

小丁還真不想離婚，一來是這媳婦確實漂亮，帶出去能替他長臉，二來他的家境也不富裕，為了這場婚姻，家裡雙親差不多花光了幾十年的積蓄，如果離了婚，那些錢就算是打了水漂。所謂人窮志短，說的就是小丁這種狀況。

無奈之下，小丁只得忍氣吞聲做王八。

屋漏又逢陰雨天，人倒霉，做啥事都不順。小丁工作中犯了一個挺大的錯誤，領導一怒之下，又把他打回了車間。小丁真是欲哭無淚，在廠子裡憋了一肚子委屈，回到家看著漂亮媳婦，想著她也許剛從別人的床上起來，更是心頭窩了一團火。

話說小丁被打回車間後的一個星期，輪到他上夜班了。小夜班，都是半夜十二點下班，所以，他得三更半夜騎了車往家趕。這是夜班的第一天，他下了班，騎著自行車路過一條小街，忽然看到街邊有個挺漂亮的女人衝他招手。

漂亮女人招手，男人能不停嗎？小丁單腳支地，問那女人什麼事。

女人說在這兒等了一個多小時，都沒等到出租車，所以，她想讓小丁的自行車捎她一段路。小丁琢磨了一下，想現今這社會，自行車也能泡到妞，實在是件挺稀罕的事。而且，那女人長得真好看，跟朵花似的，連小丁這樣的老實人，都想上去掐一把。

懷著鬼胎，小丁答應了那女人。

小丁騎上車，那女人就跳到了車後座上。女人跳上去的那一剎那，小丁心裡忽然咯登了一下。要知道，不管大人小孩，跳到正騎著的車後座上，車子都會顫動一下。但那女人坐上來，一點動靜都沒有，而且，小丁根本感覺不到她有一點分量。

小丁身子立刻就僵了，他想，自己莫非碰上了傳說中的女鬼？

好在一路上，那女人都老老實實地坐車後座上，什麼也沒說，什麼也沒做。到了另一條小街上，女人說聲「到了」，就輕飄飄地跳了下來，然後，揮手跟小丁道別。

小丁回到家裡，差不多一宿沒睡，全在想那個女人到底是人是鬼。

撞到鬼不是件容易事，特別是撞到女鬼，還是特別漂亮的女鬼。小丁對現在的生活膩味透了，他巴不得生活裡能發生點特別的事，因而，他第二天下夜班的時候，還是走了那條道。說也奇怪，那女人還站在昨天那地方，見到他來，笑嘻嘻地跟他打招呼。

還是輕飄飄地跳上車後座，還是一點分量都沒有。

小丁非常想跟女人說點什麼，但因為緊張，實在不知道說什麼好。時間就這樣浪費了，一路上，只聽見車鏈條轉動的聲音，還有小丁略顯粗重的呼吸。

到了地方，那女人跳下來，謝了小丁，扭扭屁股就走了。小丁盯著她的背影，直到她消失在拐彎處，心裡開始浮想聯翩。他既希望這女人是個人，這樣，也許就能跟她之間發生點什麼；另一方面，又希望她是個女鬼。跟女鬼有一腿那更是幸運的事，沒準女鬼能有什麼特別的法力，可以幫助他改變現在的生活。

小丁就非常懊喪又失去了一次機會。

第三天夜裡，小丁還在老地方碰到了那女人，騎車載著她往前去的時候，小丁下意識地回過頭，看了一眼，他就嚇得魂飛魄散，連車把都握不穩了，重重地摔倒在地。

小丁看到車後座上的女人，正把自己的頭捧在手裡，用一把梳子慢慢梳理著長頭髮。這場面，誰看了能受得了，小丁算挺幸運的，看了一眼後就暈了過去。

醒過來，他發現自己躺在一張床上，身上蓋著被褥，香香的，那個搭車的女人正坐在不遠處的梳妝臺邊，對著鏡子梳頭髮——這回，她的腦袋還在脖子上，看起來，跟一個正常的女人沒什麼分別。

小丁又想到了剛才那一幕，確定碰到的真是一個女鬼，當真是又驚又喜又害怕。

聽見動靜，女鬼回過頭來，說：「你別怕，我不會害你的。」

女鬼剛化完妝，顯得特別漂亮，小丁看著看著，就不怎麼怕了。小丁說：「你得保證不害我，要不，我就走了。」

女鬼笑嘻嘻地說：「天下那麼多人可以害，我為什麼要害你呢？你這人心腸挺好的，讓我搭了好幾次車。鬼也有好鬼壞鬼，我就是好鬼，你放心吧。」

小丁算是放下心來，於是就跟這鬼聊了起來。

女鬼告訴他，她原本是家藝術學校表演系的學生，畢業後為了能跟組拍戲，跟好多導演都上過床。但那些導演全是吃完嘴一抹就不認賬的無賴，在床上答應她的事，最後一件也沒辦成。她氣不過這些文藝圈裡的無賴，憤而將此事抖給了媒體知道。媒體的推波助瀾，將她推到了風口浪尖。然後是某天夜裡，她在自己租住的出租屋裡，被幾個蒙面的歹徒先姦後殺，這案子公安查了好幾個月，抓了幾個人，又放了，最後也沒個說法。

小丁聽了女鬼的身世，大罵不止，對這女鬼滿心同情。

女鬼說到淒慘處，自是哭哭啼啼，小丁這時好言相慰，一人一鬼同病相憐，一時間生出許多戚戚之情。小丁瞧這女鬼哭得梨花帶雨的模樣，心裡陡然又生出許多柔情來。孤男寡女共處一室，又是夜深人靜之時，自然而然地成其好事。

小丁一夜未歸，老婆並不在意，她心裡巴不得小丁一輩子不回來她才高興。小丁自從跟那女鬼好上後，女鬼的溫柔體貼與老婆的冷漠無情，恰好形成鮮明對比。小丁對老婆再無半點情意，每天除了上班，天一黑就往女鬼那裡跑。

這時間一長，小丁看出來了，女鬼雖然也很高興跟他在一塊，但每次都面有憂色。小丁便問啥事不開心，每次女鬼都是避而不答。一連問了好幾回，女鬼終於坦露了心事。原來跟小丁好上後，雖然兩人情投意合，但終究人鬼殊途，恐怕這樣的好事不能長久。

聞聽此言，小丁也是極度鬱悶，便問如果自己死了，是否就能和女鬼長相廝守。女鬼聞言花容失色，告訴小丁，鬼魂的世界到處都是黑暗，冷冰冰的，哪有陽間花花世界那麼繁華熱鬧。小丁無語，其實他對陽間也是充滿留戀的。

女鬼還在梳頭，小丁這時忽然發現，女鬼的頭髮越來越稀，便問她是不是病了（不知道鬼是否也會生病）。女鬼垂淚道，那些害死她的壞人，殺死她之死，硬生生揪下了她的頭髮，以致於她現在頭髮稀少，每天都會掉上許多。

小丁心裡越發對這女鬼憐惜起來。這時，女鬼忽然說出了一個法子，可以讓她的頭髮不再稀少，那就是小丁每天回去，取一根別的女人頭上新鮮的頭髮來交給她，她趁著頭髮還沒有枯死，將它植種到自己的頭皮上。

小丁根本沒猶豫就同意了。她的老婆頭髮濃密，每天早上起床梳頭，都會梳下來幾根。陽間植髮的技術早就有了，而陰間的鬼神通廣大，將新鮮的頭髮種到自己頭上，當然也不奇怪。

第二天，小丁回家，早晨趁著老婆未醒，從她頭上拔下一根長髮，小心地收好，當天晚上，交給女鬼。女鬼將頭髮種到頭上，轉瞬之間，連面色似乎都紅潤了許多。

就這樣，一連兩個月，小丁每天都從老婆頭上拔根頭髮，交給女鬼。女鬼頭髮越來越密，臉色越來越紅潤，跟小丁纏綿時，小丁甚至覺得她的身體都開始變得溫暖。而另一邊，他的老婆越來越憔悴，到最後已經是臥床不起了。但她變成什麼樣子，小丁根本不放在心上。現在他的心思，全放在了女鬼身上，只想著能跟女鬼長相廝守。

終於有一天，女鬼告訴他，只要再過一個月，她就能還陽了。小丁大喜，問及原委。女鬼猶豫再三，終於告訴他，原來，她可以從小丁每天拿來的新鮮頭髮中，吸取頭髮主人的陽氣。現在，等到再有三十根頭髮，頭髮主人的精氣便會全部附著於她的身上，這樣的結果，就是女鬼還陽，而頭髮的主人，一命嗚呼。

小丁吃了一驚，他拿老婆幾根頭髮，本來是件無關緊要的事，但現在，事情顯然發生了變化，那些頭髮可以要了老婆的命，而他，就是殺害老婆的兇手。

看小丁猶豫，女鬼又開始垂淚。說她也不願小丁再取老婆頭髮來，這樣徒害了他老婆的性命。她能跟小丁有這些日子的緣分，已經心滿意足了。

小丁思慮再三，終於在老婆與女鬼中做出取捨。他繼續每天去取老婆的頭髮給女鬼。

就這樣，小丁的老婆住進了醫院，已經奄奄一息。小丁這晚去醫院，他只要再取一根頭髮，女鬼就能還陽，變作人形，而小丁的老婆，自然也就要死了。

老丁到了病房，只有老婆一人躺在病床上，閉目沉睡。老丁狠狠心，上去拔下老婆一根頭髮。說來也奇怪，這三個月來，小丁不過拔了老婆不到一百根頭髮，但老婆一頭濃密的秀髮卻已經非常稀疏了。

老丁拔下頭髮，小心地將它們夾到一個小本子裡，揣進口袋。這時，他知道過了今晚，就再見不到老婆了，雖然對她沒什麼情意，但終究還是自己老婆，所以，心裡多少也有點悲傷。就在他想回頭再看看老婆時，忽然聽到背後有些極細碎的聲音。他驀然回頭，只見床上的老婆，正慢慢將自己的頭髮摘將下來，手中拿著一個梳子慢慢梳理。

老婆說：「小丁，你害了我的性命，如果你不想死，那麼，你每天都要去取一個別的女人頭髮來，滿三個月後，就能救我性命。否則，等我完全化成厲鬼，我第一個就要來取你的性命。」

小丁大駭，連滾帶爬逃出病房，拿著那根頭髮，去找女鬼。女鬼接過頭髮，一迭聲道謝。小丁說了老婆梳頭之事，女鬼笑笑說無妨，只消過了明天，她就魂飛魄散了，根本沒法加害任何人。小丁聞言心下稍安。

到了第二天，小丁從女鬼床上醒來，女鬼已經不見了。

從此後，女鬼再也沒有出現過，小丁這才明白，原來女鬼跟他在一塊兒，只是利用他來吸取別人的精魂。無奈之下，小丁只能回家，這時，他那變成厲鬼的老婆正在家裡等著他。

又過了幾天，小丁在車間裡，對身邊一個年輕的女工說：「妳能給我一根頭髮嗎？」

我們一致認為陸雅楠這故事講得好，就連陳老頭都不住點頭。

這時，陸雅楠對藤明月說：「藤老師，妳給他們三個講講妳家那幅祖傳古畫的故事吧，上次妳給我講了之後，我覺得真的是很神奇呀。有點聊齋的感覺。」

我和阿豪本來已經有些困乏了，聽說有什麼祖傳古畫，又都來了精神。

藤明月不像普通女孩那麼矯揉扭捏，非常大方，有點像美國女孩那樣充滿活力和外向的性格，既然別人讓她講，她馬上就答應了。

陸雅楠對大夥說：「你們先聊著，我去車裡再取些吃的東西來，順便打電話給家裡人報個平安。」說完就起身去外邊的車裡拿東西。

在此期間藤明月給我們講了她家祖傳的一幅畫中的故事。

狐仙

明朝末年，天下大亂，天災兵禍連綿不休，百姓苦不堪言。關外寧遠錦州衛一線打成了一鍋粥，朝廷只得不斷地增加稅賦承擔軍費開支。由於邊餉練餉遼餉太重，百姓不堪重賦，導致內地流寇四起，所到州縣，如同秋風掃落葉一般，官兵無不望風披靡。

在四川，流寇殺人盈野，川人百不存一。在河南，流寇攻開封不克，遂掘開黃河，放水淹城，一代名都就此永遠埋於泥沙之下，從此再不復見天日。天下就像是個大火鍋，到處都是水深火熱。

在當時的中國，只有江、浙兩省，略為太平。皆為這兩地屬於中國之糧倉銀庫，崇禎皇帝的遼餉幾乎全依賴這兩省的稅收。故此地一向都駐有重兵，再加上這江南兩省自古富庶，百姓還算能有口安穩飯吃。

藤家祖籍金陵城郊，也就是現在的南京。是城中屬一屬二的大戶，家資殷富，而且世代書香門第。藤家當家的是當時的名士，名叫藤榮，家訓甚嚴。

其子藤子季年方弱冠，生性聰穎，才思敏捷，尤善詞翰。

來家登門提親者絡繹不絕，藤榮皆不允，只讓藤子季專心讀書。

適逢流寇大舉進攻，兵甲如林，官兵雖重，也不敢斷言定能禦敵，周邊地區的土匪趁火打劫，光天化日之下就敢衝州撞縣、殺人放火。

百姓無不舉家奔竄，藤家的糧庫也被亂民哄搶一空，藤榮攜帶眷屬避難於中谷縣中表親朱某處，當地的富紳見藤榮是社會名流，於是為其全家空出幾個院子居住，飲食器具供給無缺。

藤子季因客居倉促，沒帶什麼書籍，學業暫時疏懶了下來，每天只有在村外散步解悶。

村中有王姓縫工，與藤子季對門而居，王妻三十許，風姿絕倫，不類村婦。有女名柳兒，貌美尤過其母，常隨母碾米於比鄰。

一日柳兒攜帶箕帚路過藤子季門外，粗布荊釵，殊無豔飾，然而髮盤高糾，秀眉在骨。

藤子季看在眼裡，不禁神為之蕩，目送女遠去才返身而歸。

回家之後，冥想夢寐，輾轉反側。早上起來不及洗漱，就等在門外。

快到中午的時候，終於又見到柳兒在門前路過。

藤子季細看柳兒，只見裙下雙足細銳如筍，益發喜愛不能自拔，佇立多時，眼睛都不會轉了。

直到柳兒的母親王氏走過來，藤子季自覺失態，方才依依不捨地反身回房。

王氏已經察覺到了他的意圖，從此不讓柳兒出門，所有需要出門做的活都由自己承擔。

藤子季大失所望，詠憶柳詩百首，輾轉思量，情思悱惻。

一日，躊躇於院中，負手聽蟬。忽然足下鏘然掉落一物，視之，銀指環也。駭而四顧，只見柳兒在門外一邊微笑，一邊用手遠遠地指著地上的銀指環，似乎是讓藤子季收藏起來。

藤子季會意，馬上撿起銀指環藏於袖中，再抬頭看柳兒，她已經去得遠了。

藤子季心癢難耐，又苦於無人訴說，於是信口成詩一首：

銀指環，如月彎，向疑在天上，端自落人間。銀指環，白如雪，欲去問青娥，幽情無人問。

未過多久，流寇被官軍擊潰。藤榮一家準備還鄉。買一巨舟，裝載行李，只等來日風順啟程。

藤子季整日立於門外，想等柳兒言明愛慕之意，然而卻杳無見期。

終於到了該走的時候，只聽布帆翩翩作響，藤榮命家人登舟，中流擊楫，片刻舟已風而下十餘里。藤子季望洋興嘆，無可奈何。恨不能肋生雙翼，飛過長河。一想到此處，便覺得身輕如葉，飄忽到北岸，信步前行，卻發現路徑已經變得和從前不同。

道路兩旁林木蔥蔥，間雜荊棘，有數間茅屋，周圍圍以豆籬，寂寂無人。

藤子季緊走幾步，來到茅屋近前，想看看裡面有沒有人，以便詢問路徑。

卻聽屋中有嚶嚶悲泣之聲，聽之砰然心動，受到那哭聲感應，自己也覺得哀傷愁苦。

藤子季聽得哭聲，於是推門而入，只見一女子紅綃掩面嗚嗚嬌啼，自覺失禮，連忙退出門外。

方欲轉身離去，忽聽屋中女子說道：「庭前可是季郎？你棄我而去，為何又回來？」

藤子季細看屋中女子，正是柳兒。不禁悲從中來，聲淚俱墜。

柳兒從屋中出來，用紅巾為藤子季擦去臉上淚水，說道：「父母之前可以婉言示意，君之親戚朱某若為你我二人作媒，事無不成，何不歸而謀之。我被母親節制，不能輕出家門，從今而後，唯有在家中等候你來提親的好消息。」言畢退入屋內。

藤子季想隨她進去再說些話，忽聽村中惡狗狂吠，大吃一驚而起，發現自己原來正躺在舟中，適才是南柯一夢。

後以夢中情形私下裡告訴父母，藤榮認為縫工之女下賤，又以路途遙遠，聘娶不易為由而不准其事。

藤子季見父親態度堅決，毫無商量的餘地，憂愁成疾，食不下咽。

冉冉光陰，又至春日。扶簷垂柳，絲黃欲均。

藤子季心中苦悶不樂，在紙上寫了一首詩：

雲鬟霧鬢本多姿，記得相逢一笑時。轉盼韶華空似夢，猶憐春柳掛情絲。

寫畢，倦臥睡去。詩稿被藤榮見到，發現藤子季如此沒出息，勃然大怒，但是念在藤子季有病在身，就沒有對他說什麼。

時值清明節，遊人如織，藤子季也出門散步排解相思之苦。

行至黃昏，日漸暮，人漸稀，在途中遇到一位老婦立於道旁。

老婦對藤子季凝視良久，走過來說道：「好個眉清目秀的年輕書生，只是見你神色憂愁，是否有何心事？不妨講出來，老身願效綿薄之力。」

藤子季嘆息道：「確有心事，但恐姥姥無能為力。」

老婦說：「就怕你沒什麼心事，如果有，老身無不能為。」

藤子季聽她言語奇異，就盡以實情相告。

老婦笑道：「此事有何難哉？假如今日不遇老身，則君終當憂愁成疾至死。」

藤子季連忙拜求。

老婦說道：「此去半里遠，有一宅，王氏母女正寄居於其間。如果不信，可隨我前去觀看。」

藤子季欣然前往。行至一處茅屋數間，豆籬環繞，芳草古樹，樹蔭閉日，顯得陰森清寂。

此間景象和在船中做夢時所見毫無區別，藤子季甚覺怪異，問老婦：「我這是在夢中嗎？」

老婦說道：「分明是我引你前來，哪裡是在做夢！」

藤子季說道：「曾夢此景，故疑之。」

老婦有些生氣，說道：「真境何必多疑。」

藤子季問道：「清明時節，籬笆上的豆花為何發芽?」

老婦笑道：「書生喝醉了，請再仔細觀之。」

藤子季揉揉眼睛細看，籬笆上果然並無豆花，唯細草茸茸而已。

等到進了屋子，柳兒的母親王氏含笑出迎，對藤子季說道：「年餘不見，竟已憔悴如此。」

藤子季哭訴其故。

王氏說道：「令尊自高門庭，痛絕鴛好，難道我女兒真就成了道邊苦李，無人肯拾嗎?我知道季郎心意至誠，故托俞姆引你前來一談。若能聯姻固然是好，但須令尊誠意而求，不然謂我縫工女，豈真不能占鳳於清門。」

藤子季婉辭謝過，俞姆也代為說情。

王氏沉吟良久，說道：「倘若真想與我女兒成婚，當入贅於我家中，如有過願，請季郎速速離開。」

藤子季只盼和柳兒成婚，哪裡還顧得上什麼，連稱願意。

於是掃除各室，鋪設床帳，俞姆為柳兒妝扮已畢，同藤子季上堂交拜，行禮成婚。

藤子季觀看柳兒，豔光倍勝昔日，遂相歡悅，詢問柳兒如何住在此地。

柳兒說：「妾於村外買布，被俞姥接來，不料妾母也已在此，於是就在這裡住了下來。妾曾問俞姥此間是何所在，俞姥說這裡名為俞氏莊園。」

如此過了一個多月，藤子季和柳兒如膠似漆，藤子季一日忽然想起，此間大事已定，當歸家告之父母。常留此間也不是長久之計。

於是找柳兒商議此事，柳兒心意未決。

藤子季心想此處離家也不甚遠，去去便回，何必斟酌不定。便自行離開，行出百餘步，回首望去，卻不見那幾間房舍。只有一座大墳，環以松柏。藤子季大驚之下急忙尋路還家。

到家之後，見父母因為藤子季失蹤多日，相對悲泣，臉上淚痕猶未乾。見藤子季回來，大喜之下詢問緣故。

藤子季以實相告，父母大駭，以為遇妖，藤子季也自驚恐不已。

如此又過半月，藤榮怕藤子季再生出什麼事端，於是答應找親戚朱某作媒向王家提親。

還未來得及寫信，恰好朱某自上谷而來，藤榮訴說此事，請朱某作媒。

朱某大稱怪事，說起其中情由：

自從你們從上谷返鄉之後，王氏女柳兒奄奄抱病，察其意，似乎是因為思念藤子季而病。

後來病癒，出村買米，忽然失蹤，遍尋不著。

過了一段時間，自行回到家中，問其故，她說出村買米之時，遇一老婦自稱姓俞，邀其同行，到了一處房中，見其母王氏已先在房中。

次日，俞姓老婦帶藤子季來到家中，入贅其家，居住了一月有餘。

一日藤子季外出不歸，王氏讓柳兒同俞姥先行，自己隨後就到。

於是同俞姥乘飛車至一處，俞姥令柳兒下車，說已經離家不遠，讓柳兒自行回家。並說自此一別，日後再無相見之日。

柳兒想要細問，只見車塵拂拂，如風飛行而去。再看周圍環境，正是之前買米時所經過的道路。

乘月色至家，見其母王氏已在室中，自從柳兒失蹤後從未出門。

柳兒以實情相告，舉家駭異。這才明白，所遇到的並非其母，深悔為妖所誤，愧怒欲死。王氏夫婦彷徨無計，便想把女兒趕緊嫁出去。然而人品如藤子季者，寥寥無幾。故托朱某前來玉成此事。

藤榮夫婦聞言大喜，備下重禮做為聘儀，擇吉日完婚。

此事遠近傳為奇談，就連毫無瓜葛者也都來送禮賀喜，爭觀新人。

藤子季同柳兒成親之日，華服登場，見者皆驚為神仙中人。

賓客此來彼往，門庭若市，足足五日方休。

兩家深感俞姓老婦，但終不知其究竟為何許人也。

一日，藤榮醉歸，天色已晚，途中遇一老婦，借宿於其家。

屋僅三盈，中堂設榻款客。睡到天色微明，老婦催促藤榮起床速歸，說道：「金雞報曉，客宜早歸，此地不可久留。」

送至門外，藤榮深感其義，問其姓名。

老婦說道：「老身姓胡，借居於俞氏宅中，人疑我亦其宗派，其實非也。老身與令郎相識，有一幅畫像贈送，並相煩寄一言，就說：舟中好夢，洞裡良緣，皆我所賜。」

藤榮看那畫像，正是老婦肖像，端的是出自名家之手，神形皆在。然而未解其話中含義，只能唯唯稱是。

走出數丈，回頭看去，並無人物房舍，松柏參差，環繞巨墳一座，墳前墓碑上書俞氏之墓。

這才明白，俞姥乃是住於俞墳之中的狐仙。

回家後，藤氏父子出資修葺俞墳。築牆垣，栽樹木，焚香祈禱，然後再未見過俞姥。家中把她所贈的畫像，代代相傳，直至今日。

藤明月說道：「千里姻緣紅線牽，然而這未必就是真的鍾情，真的鍾情於一個人，就是和他相對咫尺的時候，也好像隔著汪洋大海。」

阿豪聽得投入，感慨道：「世間如果多了些俞姥這樣的仙人，也就沒那麼多痴男怨女唉聲嘆氣了。和俞姥相比，那月下老兒真是無用已極。」

臭魚說道：「回頭我得去給俞姥上炷香，好好拜拜她，普天之下還有三分之二的光棍呢，她老人家可不能退休。怎麼著也得給我介紹一個什麼桃兒杏兒的。」

我對這種才子佳人的故事一向不感興趣，聽得氣悶，心中暗想：「這些賊男女，不務正業，整日裡滿腦子飲食男女，都是他們這樣，社會還怎麼進步，科技還怎麼發展？尤其是藤明月的祖宗藤子季，瞧他那點出息，看見個漂亮妞兒就懵了，要擱現在，他他媽的都能入選金氏傻B大全了。」

這時裡屋有個稚嫩的聲音叫爺爺，我們知道那肯定是陳老頭的小孫子。陳老頭跟藤明月打個招呼，連看都不看我們，便起身去了裡屋。

我們三個還想說什麼，但一時間，卻又不知道該說什麼好。我們大老遠開車到這裡來，難道就這樣無功而返？

忽然想到陸雅楠出去這麼長時間，怎麼還不回來？這大半夜的可別出了什麼事。

藤明月也發現陸雅楠遲遲不回，很是擔心，想出去找她。

阿豪自告奮勇地說道：「這些跑腿的事，不勞女士出馬，我去看看。」說完抄起一枝手電筒推門出去。

也就過了五六分鐘，阿豪臉色刷白，氣喘如牛地從門外跑進來。

我忙問找到陸雅楠了嗎？

阿豪結結巴巴地說：「只……只找到……一部分。」

我情急之下，跳將起來，揪住阿豪衣服問道：「你快說清楚了，什麼一部分?人在哪裡?」

臭魚和藤明月也都站起身來，一齊望著阿豪。

阿豪喘了兩口氣，一邊擦去臉上的雨水一邊說道：「沒看見整個的人，只找到一條大腿和一條胳膊。好像就是那小姑娘的。」

藤明月和陸雅楠的年齡差不了幾歲，名為師生，情同姐妹，聞聽此言，如遭五雷轟頂，咕咚一聲摔倒在地，暈了過去。

臭魚連忙把她扶到椅子上，用力晃她肩膀，藤明月只是昏迷不醒。

阿豪說：「咱們先救人要緊，陳老頭家是開藥鋪的，可能懂些醫術，我去把他叫醒來看看藤明月。」

說完，推開裡屋房門，準備進去找陳老，卻似看到什麼異常事物，開門之後站在門口發愣。

我和臭魚見他舉止奇異，也過去查看，二人見到屋中情形也驚奇不已。

原來裡屋並非臥室，也不見陳姓祖孫二人的蹤影，四壁空空如也，什麼物事也沒有。

阿豪對我和臭魚說：「我早就覺得那老兒不太對勁，搞不好咱們這次撞到鬼了。」臭魚不信邪，進裡屋搜索，想看看有沒有什麼地道之類的。上上下下搜了個遍，卻是無功而返。

我對阿豪說：「還真他媽的活見鬼了，兩個大活人進了裡屋怎麼就憑空消失了？」

阿豪說道：「你還記得曾經有個誤認你為表弟的鬼魂嗎？他說他的表弟二十多年前去一個小村子考查一座唐代古墓，此後一去不返。」

我撓撓頭說道：「當然記得，那又怎樣？已經是兩年前的事了。」

阿豪說：「怪就怪在此處，剛才那陳老頭說二十多年前這村裡來過一個年輕人，長得和你極其酷似。」

我想了想剛才談話的情形，說道：「是有這麼回事，你的意思是，那個服務員亡魂真正的表弟就是在這失蹤的？」

阿豪說道：「多半就是如此，看來咱們誤打誤撞，也走入了那個有唐代古墓的村莊了。」

臭魚這時從裡屋出來，聽了我二人的談話，大大咧咧地說道：「管他什麼鳥鬼，咱們只管找路出去就是。誰敢阻攔，惹得我發起飆來，只憑這一對拳頭，也打得他粉身碎骨。」

我問阿豪那人腿、人臂究竟是怎麼回事，能否確定就是陸雅楠的？

阿豪答道：「我出去尋她，到了她們停車的地方，車門鎖著，車內無人，我就打著手電筒在周圍尋找，看見草叢裡有條白生生的女人大腿，又在不遠的地方發現了一條胳膊，看樣子也是女人的，剛斷下來不久，雨水沖刷之下，還能見到血跡。傷口的斷面參差不齊，好像不是被刀砍的，而是被什麼力量巨大的東西活活撕扯下來的。」

臭魚說：「也別說得太確定了，世上又不只有她一個女人。只是女人的胳膊大腿，還不能下結論就是陸雅楠的，咱們一起去看看再說。」

我對那二人說道：「如果那小姑娘還活著，咱們要先設法把她找到，再跑路不遲。」

阿豪說道：「對，絕不能見死不救。」

臭魚也說：「那當然了，那小姑娘雖然只有十八、九，但是不僅性格可愛，長得也很豐滿，那胸部……比咱們公司劉祕書的大多了，不瞞你們哥倆，我還真有點喜歡她。」

阿豪怒道：「廢話，我發現你他娘的就是一腦袋漿糊，你還拿誰跟劉祕書比？劉祕書胸部平的，那是飛機場的跑道，是個女人就比她強。」

臭魚自知失言，卻轉過頭來埋怨我：「日你大爺的，都怪你，招聘這麼個飛機場跑道來公司，我低頭抬頭的天天看見她，害得我審美標準直線下降。」

我也生氣了，大聲說：「不許你日我大爺，要不是她爹是稅務局的頭頭，我他媽的用得著開那麼高的工資雇一個飛機場嗎？我還不是為咱們公司的前途著想。你他奶奶的懂個鳥毛。」

我們三人鬥了半天口，這才想起來藤明月還昏迷不醒。

雖然我們三個都是做藥材生意的，但是平日裡只會投機倒把，吃吃喝喝，根本不懂什麼無器械急救。

阿豪說：「是不是得給她做做人工呼吸？一直這麼休克下去，恐怕有些不好。不過我可不會做，你們倆誰會？」

臭魚搖搖腦袋，這種事原本也是指望不上他。

其實我也不會，但是救人要緊，馬上使勁回憶了一下以前看的電影中做人工呼吸的姿勢。

我把藤明月的腦袋抬起來，對著她的嘴往裡面吹了兩口氣。

阿豪在旁指點說：「好像要把鼻子捏起來。」

我想起來電影裡好像確實是這麼演的，於是一手捏著藤明月的鼻子，一手扶著她的頭，準備接著做人工呼吸。

剛才不及多想，現在把藤明月柔軟的身體抱在懷裡，才發現她長得十分清秀漂亮，竟有出塵脫俗之感。

我心想：「我這豈不是跟她接吻一樣。」一想到此處，心跳有些加速。不過我對她這種受過高等教育的女性，一向沒什麼好感，如果女人太聰明，男人就麻煩了。

臭魚催促道：「快點，一會兒她就死了。」

我連忙收攝心神，問他二人應該是往她嘴裡呼氣，還是往外吸氣？

那兩塊料答曰：「不知道，都試試。」

於是我嘴對嘴地往藤明月嘴裡吹了兩口氣，然後又嘬了兩口。藤明月還是沒醒過來，似乎呼吸也越來越微弱。

我焦躁起來，把藤明月放到桌子上，準備學電影裡面的急救措施，給她做心臟按摩術。

於是雙手交疊，準備去按藤明月的胸口，正在此時，藤明月「嗯」的一聲，悠悠醒轉了過來。

藤明月開口第一件事就問陸雅楠是不是死了。

阿豪怕她再暈過去，就安慰道：「還不確定，她應該沒事，只要是還活著，咱們幾個赴湯蹈火也要把她全頭全尾的救出來。」

藤明月稍感寬慰，休息了片刻，四人一同出去找陸雅楠。

阿豪引領我們到了事發現場，大雨之中地上全是泥濘，四周一片漆黑，別說什麼村莊了，除了那間慈濟堂藥鋪，根本就看不到別的房屋。

這雨下得也怪，只是悶聲不響地從半空中潑將下來，天上雷聲、閃電卻一個也沒有，而且從開始下雨直到現在，這雨的節奏大小就幾乎沒變過。

沒走多遠就到了阿豪發現人腿的地方，在瓢潑大雨中藉著手電筒的燈光，只見草叢中白花花的一條女人大腿。

腿上無鞋無襪，也沒有明顯特徵，確是不好分辨這到底是不是陸雅楠的腿。但是腿上沒毛，腳踝纖細，應該是女人的腿沒錯。

我們怕藤明月再嚇昏過去，沒敢讓她過來，藤明月就坐在她的車裡避雨等候。

阿豪看著那截齊根扯斷的女人大腿說道：「我倒想起以前看的《水滸》了。」

我問道：「跟這人腿有關係嗎？」

阿豪說道：「書上有一段，是武松在十字坡遇到賣人肉饅頭的孫二娘，曾說了四句江湖上流傳的話語：大樹十字坡，客人誰敢過？肥的切作黃牛肉，瘦的卻把去填河。」

臭魚笑道：「你別亂彈了，依你的意思，陳老頭是開黑店的，把陸雅楠切成牛肉賣了？」

我說：「這大腿是上好的肉，怎麼又被扔在這裡？看來既不是被怪物吃的，也不是被人肉飯店包了饅頭，似乎也不是鬼做的，鬼撕掉女人大腿沒什麼道理可言。」

三人一起搖頭，想不明白這究竟是何緣故。

臭魚用手電照著遠處的一處草叢說：「那裡好像也有條人腿。」

我和阿豪尋聲望去，雨夜中能見度太低，卻瞧不十分清楚，隱約間看那草中倒真像有隻雪白的女人腳。

正準備走近看看，忽地裡，一道巨龍般的閃電劃過長空，四周一片雪亮，我們同時抬頭望向天空去看那閃電，都驚得張大了嘴再也合不上了。

藉著閃電一瞬間的光芒，透過漫天的雨霧，只見天上月明似晝，繁星似錦，天際的一條銀河蜿蜒流轉，天空中連一絲雨雲也沒有。

閃電猶如驚龍，轉瞬即逝，天空又變得黑沉沉的，再無半點光亮，雷聲隆隆中，唯有大雨依舊下個不停。

我和阿豪臭魚都張著大嘴，任憑雨水澆透全身，你看看我，我看看你，誰也說不出話來。

最後還是阿豪先開了口：「你們看到了嗎?天上沒有雲，這大雨是從哪裡冒出來的？」

我費了好大力氣才把嘴合攏，揉了揉頜骨問道：「確實沒有雲，閃電是雲層的電流碰撞產生的，憑空閃電降雨，難道是超自然現象？」

臭魚呆了半晌，說了一句：「日他大爺的。」

這事就算是讓得過諾貝爾獎的科學家來，只怕也未必能夠解釋。我們探討了幾句，毫無頭緒，只得順其自然了。

最後我們決定，盡快確定陸雅楠的生死下落，然後立馬離開，一刻都不要在這鬼地方多耽擱。

三人一起走向發現另一條人腿的草叢，阿豪問臭魚：「那條手臂你是在哪發現的？手上有沒有什麼手錶、手鏈、戒指之類的飾物？」

臭魚搖頭說道：「在另一邊的樹下發現的，胳膊上什麼都沒有，只是一條胳膊，乾乾淨淨的。」

說話間，便到了那片草叢，臭魚用手電筒照射，順著電筒的燈光，只見一條女人的腿斜斜地倒在草間。

我想過去細看，卻聽臭魚叫道：「這邊還有，我的娘啊，全是人腿。」

在這片蒿草的深處，橫七豎八地散落著無數人腿、人臂，大多數已經變成枯骨，有些開始腐爛，有些顏色發青，還有些好像剛斷掉幾天，尚且保持著光滑潔白的皮膚。看樣子全部是女人的肢體。

臭魚對阿豪說道：「你說的還真沒錯，只不過這裡沒有河。這些女人的胳膊、腿，都被拿來填坑了。」

阿豪說道：「什麼填坑？這裡荒草叢生，漫窪野地，哪裡有什麼坑？我看這些殘肢都是隨意亂扔在此的。」

我忽然想到一種可能性，於是對他們說道：「這家黑店，大概不做人肉生意，只是賣雜碎湯的，所以把胳膊、腿都當作廢料扔了，只留下中間一段身體，然後在作坊裡面掏淨了腔子用下水熬湯。」我想起這是間藥鋪，於是補充道：「對了，這藥鋪裡的人也許要煉什麼長生不老藥，需要女人內臟入藥也未可知啊。」

胡亂推測了一番之後，聽見藤明月在汽車那邊叫我們，於是就回到車邊。

我們沒敢把發現無數女人殘肢的事告訴藤明月，只推說天太黑什麼也沒找到。

藤明月指著車後說道：「剛剛我一個人在車裡，發現後面好像站著兩個白白的人，我自己不敢去看，所以喊你們過來看看。」

阿豪從車後備箱中拿出一個扳手，臭魚不知從哪找來一枝一米多長，杯口粗細的棍棒拎在手中，我拔出新疆男孩所送的英吉沙短刀。三人呈半弧隊形，打著手電，向車後慢慢摸索著推進。

在車後不遠處，確實有一瘦一胖兩個白影。

我們硬著頭皮走到近處，無不啞然失笑，剛才提心吊膽，戰戰兢兢地以為有什麼鬼怪，原來是一個石人和一座石碑。

從遠處看那瘦的白影，卻原來是個漢白玉的年輕古裝女子雕像，約有真人大小，造型古樸，雕工傳神。

那在遠處看來胖胖的白影是座巨大的石碑，由一隻石頭贔屭所馱，年代久遠，風吹雨淋，石碑上的字已經剝落不堪，難以辨認，至於上面記載了些什麼，就無從得知了。

阿豪哈哈大笑，用手一拍那女子雕像的屁股，說道：「可嚇得我不輕，原來是兩個大石頭。」

這一夜之中詭異壓抑，心口好像被石頭堵住，實在不合我平時散漫的性格。

剛才我們三個大男人疑神疑鬼，只是在遠處看到兩個白影，就差點自己把自己嚇死，想想也實在好笑。

我忽然童心發作，一躍跳上那馱碑石龜的脖子，對阿豪和臭魚說道：「這大石頭王八真是有趣，當年我在泰安岱廟也見過不少，只是沒有這隻巨大。」

阿豪笑道：「我說老大，你又露怯了，這哪裡是石頭王八，這個名叫贔屭，是龍的第六子，平生好負重，力大無窮。」

我自知理虧，卻不肯認錯，騎在石龜背上說道：「我說它是王八，它就是王八，你叫它贔屭，它能答應你嗎？」

我理論不過阿豪，怕他再跟我掉書袋，不等阿豪說話，就用手一指臭魚，說道：「索敵完畢，前方發現臭魚戰鬥機，目標已進入目視距離，王八一號，請求攻擊，火力管制解除，王八蛋，兩連射！」

臭魚聽得大怒，也跳上石龜跟我搶奪座騎。

阿豪連忙勸阻，說此時此地如此胡鬧實在太不合適，我和臭魚哪裡肯聽，正打得熱鬧，阿豪忽然說覺得肚子奇疼，想要上廁所方便。

臭魚說：「你就在旁邊草叢里拉唄，反正天黑，誰看你呀。」

阿豪想起雜草叢裡的斷手斷腳，不寒而慄，心想如果正拉得興起之際，那死人的手來抓屁股，卻如何抵擋，還是去陳老藥鋪裡的廁所吧。

臭魚說道：「那麼你快去快回，我們把兩輛車都開到藥鋪門前等你，等你忙活完了，咱們就趕緊離開。至於陸雅楠嘛，就讓警察去找吧，看那許多斷肢，我估計她有百分之九十九的可能已經死了。」

阿豪奔回藥鋪，我們三個冒雨去開車。過一會兒，藤明月大聲叫我們，說聽到藥鋪裡有動靜。我跟臭魚三兩步躥到門邊，踹開門就衝了進去。

只見屋裡，阿豪正被一個石像壓倒在地，動彈不得。

我們上去，七手八腳抬開石像。阿豪起身，一臉的氣惱。他衝著石像連踹三腳，竟將石像踹倒，直砸到我的腿上。我倒地呻吟，一幫人趕快再次扶起石像，查看我的傷情。我的腿傷居然比阿豪的還要重，實在是晦氣。

那邊臭魚逼問阿豪發生了什麼事，他這才說起他回到藥鋪後的經歷。

他剛回到藥鋪時，房中和我們出去之前一樣，靜悄悄的，他跑到廁所卸載存貨，心想可能是剛才坐在石頭上面著涼了。

卸完貨之後，他推門想出去找我們乘車離開，還未等他的手碰到門把，大門忽地開了，從外冒雨進來一個陌生女子。

那女人二十二、三歲左右，容貌絕美，不似王雪菲妖怪的冷豔之美，也不類同於藤明月那麼苗條清秀的文靜之美，而是充滿了嫵媚之姿，換句話說，簡直就是騷到骨子裡了。

那女人對阿豪說道：「奴家避雨至此，多有討擾，官人可否留奴家小住一夜？」說完一笑，嬌羞無限。

她的聲音輕柔綿軟，每說一字阿豪的魂魄就似乎被掏走一部分。

阿豪平時言詞便給，能吹能侃，但是在此女面前，怔怔的一句話也說不出來，只是盯著她被濕衣包裹的豐滿曲線，不住地往下嚥口水。

女人見他不答話，媚態畢現，笑著說道：「大官人，你倒是跟奴家說句話嘛。」

阿豪想說些什麼，腦中卻空空如也，醞釀了半天，只對她說出來一個字：「脫。」

女人笑得花枝亂顫，用手把阿豪推到椅子上，說道：「官人好生性急，再這麼無禮，奴家可要走了。」

她嘴裡說要走，卻反而向阿豪走來，一屁股坐在他的膝蓋上。

阿豪哪裡還顧得了許多，一手摟住她，另一隻手解她衣服。

忽然覺得懷中冰冷，雙腿好像被大石所壓，奇疼徹骨，再看懷中所摟的，正是外邊那個石頭雕像。

大驚之下想要推開石像脫身，卻哪裡走得脫。

那石好似重有千鈞，阿豪這血肉之軀萬萬難以抵擋，好在他坐的椅子甚是牢固，扶手和靠背撐住了幾個力點。使他的雙腿不至於立即被壓斷。

饒是如此，椅子也被大石壓得嘎嘎作響，看來撐不了多久，隨時都會被壓垮。

阿豪被壓得透不過氣，只能狠吸小腹，用胸腔裡的最後一點氣息，聲嘶力竭地狂呼：

救命啊！我靠！」

但是在重力的壓迫之下，他所發出的叫喊聲很小，只被外頭的藤明月聽到。

隨著喀嚓一聲響，整個椅子齊斷，石像轟然而倒，順勢而下把他砸在地上。

不知是不是被碎掉的椅子墊了一下，還是什麼別的原因，石像並不像剛才沉重，壓在他的大腿上，大腿上肌肉比較多，雖然疼痛，但是好在腿骨未斷。

這時我們三人推門而入，見狀連忙合力把石像推在一旁。

阿豪一邊揉著大腿的傷處一邊告訴我們事情的經過，只不過把他抱那個女人的細節，改成了女人主動過來抱住他。

但是他看我們的神色，似乎不太相信他所說的，臉上現出些怒意，道：「老子的一世清名，都讓這爛石頭毀了。」他顧不上腿上的疼痛，跳起身來，在那個石像上撒了一泡尿。

藤明月趕緊轉過身去，我和臭魚則哈哈大笑。

臭魚說道：「還好我們來得及時，你還沒被那石頭強姦，也不算失了貞節，犯不上這麼歇斯底里的。對了，我記得在外邊你拍這女子石像的屁股來著，莫非你想吃這石頭豆腐不成？哈哈……哈哈……」

我也笑著對阿豪說：「看這石像的造型和磨損程度，似乎有千餘年的歷史了，物事的年頭多了就容易成精。你毛手毛腳地摸人家屁股，她是對你略施懲誡而已。要不然早把你砸死了。」

阿豪此時無地自容，恨不得找個地縫鑽進去，連忙打岔，問我們什麼時候動身離開。

我收斂笑容，說道：「事不宜遲，這地方太邪，咱們早一刻離開，就少一分危險。」

臭魚打斷我的話，抄起棍子來，說道：「不成，日他大爺的，咱們幾時吃過這樣的虧。陳老頭這老豬狗雖然躲了起來，但是跑得了和尚，跑不了廟。我先放一把火燒了他這藥鋪，再走不遲。」說完就掄起棍子亂砸屋中的家具器物。

我對臭魚的話大感贊同，若不燒了這鬼地方，心中一口惡氣實在難平，遂掏出打火機來也要上前動手。

我和臭魚從小相識，他是典型的混世魔王，頭腦簡單的他，從小就一門心思地喜愛使槍掄棒，天天看武打電影，一直到參加市體工隊的業餘武校習武。他本就是個粗壯的人，又學了些拳腳槍棒，更是無人能敵，到處打架惹事。到十七歲的時候，家裡人怕他手重打死人，便不讓他再去武校習武。現在他雖然已經二十六、七歲了，卻仍然沒有半點的成熟穩重，要是說起打架放火的勾當，就算在睡夢中也能笑出聲來。

阿豪平時喜歡讀書看報，比較沉穩，我的性格則有些偏激，容易衝動，經常意氣用事，但是我們三人都有一個共同的特點，就是唯恐天下不亂。

阿豪見我們要放火，本來想阻攔，但是被我們一攛掇（編按，即慫恿、勸唆的意思。），也激發了他好事的天性，最後他也張羅著四處去找引火的物品。

藤明月畢竟是師範大學的教師，見我們如此不顧後果地折騰，連忙勸阻。我們都不肯聽，氣得她直跺腳，空自焦急，卻無理會處。

我們在屋裡鬧騰得正歡，忽聽屋外「轟隆」兩聲巨響，似乎有東西發出了爆炸。我們奔到門邊一看，只見兩輛汽車變成了兩個火團，在雨裡熊熊燃燒。

臭魚大怒：「我日他大爺，誰把我們的車給炸了？肯定是那個死鬼陳老頭。今天不把他給揪出來給閹了，老子打死也不走。」

阿豪也是又氣又急，但還能保持平靜，他道：「那老傢伙七老八十了，你不閹他，他也沒什麼用了，找到他後，非把他的那些寶貝兒都劫了，算是賠償。」

藤明月問：「什麼寶貝兒？」

阿豪自覺失言，當時支支吾吾著也不回答。臭魚打頭，一腳踹開裡屋房門，去找陳老頭。我們緊緊跟在後面。

藥鋪的房屋共有三進，最外一間是藥店的鋪面，其次是我們夜晚講故事的客廳，兩側分別是廚房和衛生間，最裡面，就是陳老祖孫進去後就消失不見的「臥室」。

這房子只有正面一個出口，更無其他門窗，只不過這種奇怪的結構，我們在此之前並未發覺。

說是「臥室」，其實只有空空的四面牆壁，連家具也沒有一件，更沒有日光燈，就算是白天，這屋裡也不會有一絲的光亮。

就在這時，屋外「咚咚咚咚」一連串腳步巨響，似乎有什麼巨大的動物向我們所在的藥鋪跑來。

那巨大的腳步聲每響一下，屋中的杯碗茶壺也隨著震動一下，我們心中也跟著就是一顫。

隨著傳來幾聲踐踏鐵皮的巨響，臭魚臉上變色，說道：「糟了，恐龍來了。」

我一巴掌拍他腦門上，惱他都到這會兒了，還有心情耍嘴皮子。但想想，除了恐龍，真不知道還有什麼東西能發出那麼大的聲響來，那必定是個極為龐大的怪物，也必定非常可怕。

四個人背靠著最裡面的牆壁，人人都屏住了氣息，靜靜地聽著腳步的巨響由遠而近，我手中握著短刀，全身盡是冷汗。

猛聽藥鋪前門「砰」的一聲被撞了開來，隨即中室客廳的房門也被撞開。

我的心提到了嗓子眼，向兩側看了看阿豪他們，人人都是面如土色，就連平日裡渾不吝的臭魚，也喘著粗氣，在黑暗中死死地盯著最後一道門。

忽然覺得我的手被人握住，一摸之下，觸手溫軟，知道是藤明月的手，那兩個男人的手不會這麼滑嫩。

我拍了拍藤明月的手，以示安慰，隨即把她的手拿開。一會兒可能是一場殊死的搏鬥，被她拉住了實在礙手礙腳，雖然這麼做顯得有些無情，但是我想我會盡量保護她的。

沒料到，巨大的腳步聲在臥室門外嘎然而止，外邊除了雨聲之外再無別的動靜。

等了好長時間，臭魚按捺不住，慢慢地把房門打開一條縫隙，伸出腦袋窺視外邊的情況。

我見臭魚看著門外發愣，忍不住小聲問道：「臭魚，你看見什麼了？」

臭魚似乎還沒明白過來自己看到什麼，說得莫名其妙：「我看到了一隻貓。」

阿豪聽得奇怪，推開臭魚，也趴在門縫向外看，他也一動不動地看了半天，回過頭來說：「我只看見黑洞洞的一片，中間遠處好像有盞燈……那是什麼？」

這時，藤明月也湊過來往門外看，一邊看一邊說：「啊……我……我看見一塊紅色絲巾……還有個懸在空中的銅盒子……似乎是個青銅的棺材……沒錯……是棺材懸在空中。」

我越聽越糊塗，心想這三個人怎麼了，究竟誰看見的是真實的情形，怎麼人人看得都不同？

我還是最相信自己的眼睛，把他們三個推開，也伸出腦袋往外看去。

外邊一團漆黑，唯一能看見的是在離臥室門很近的對面有一片晶瑩透明的水霧，就像是在空中漂浮著的一面水晶。

就像照鏡子一樣，我的臉投影在那片水晶之中，放出一團光芒，隨即整個臉扭曲變形，越變越細，最終變成一條線，那線又繞成一個圓圈，不停地旋轉，就好像是太極的圖案，終於歸入一片黑暗之中。

那畫面也無恐怖之處，但是我還是覺得被剛才看到的情景嚇壞了，好像整個靈魂被強烈的電波掃瞄了一遍，全身發顫，心中難過悲傷，忍不住就想放聲大哭一場。

我不想再看，趕緊把門關上，大口地喘氣，努力想使自己平靜下來。

臭魚、阿豪、藤明月三人大概也和我的感受相同，我看到他們的眼圈都紅了。

但是誰也無法解釋每個人看到的畫面究竟有什麼含義，其中的內容究竟是意味著什麼呢？

我們正自驚疑不定，門外那巨大的腳步聲又重新響起。

這聲音一下子把我們從悲哀的感受中拉回現實，每個人都嚇了一跳。

只不過，這次的聲音越去越遠，竟然是自行離開了。

大夥鬆了一口氣，都坐在地上想著各自的心事，許久都沒有人開口說話。

藤明月畢竟是女的，心理承受能力比我們差了一些，坐在地上抱著膝蓋嗚嗚抽泣。

我心中煩悶，用短刀的刀柄一下一下地砸著地板，回想剛才看到的圓圈是什麼意思。

臭魚比我還要煩躁，他因為姓于，綽號又叫臭魚，所以對貓極為反感，憑空看到了最忌諱的動物，這種心情可想而知。

阿豪忽然說道：「你們聽，剛才用刀柄砸的那塊地板的聲音發空，下面是不是有祕室地道之類的場所？陳老頭和他孫子會不會藏在裡面？」

藤明月打亮了手電筒，按照我剛剛敲打地板的方位照去，果然是見有一塊一米見方的地磚顯得有些異常。

整個屋中的地板磚都是米字型順著紋理排列，唯獨牆角這塊紋理相反，似乎是匆忙之中放得顛倒了。

我這次不再用刀柄，換用手指關節去敲擊那塊地板，聲音空空迴響，下面確實是有不小的空間。

阿豪說道：「那唐代古墓會不會就在這下面？」

我答道：「有可能，說不定剛才所見的怪事，都是這古墓裡的亡魂搞鬼。」

臭魚嘴裡一邊說著：「先打開看看再做道理。」一邊找到了地板邊緣的縫隙就要撬動。

藤明月趕緊攔住，說道：「我很害怕，不管下面有什麼，咱們都不要去看了，快點離開這裡吧。」

依照我的本意，絕對是想打開地板看看，如果下面真是古墓又有些值錢的陪葬品，我等豈能不順手牽羊，發些外財？這正是有錢不賺，大逆不道，有財就發，替天行道啊。不過既然藤明月擔心，而且萬一下面真有鬼魂我們也無法應付，只能忍住對於大筆財富如飢似渴、狼一般的心情，不去撬那地板。

經過剛才一番驚嚇，再也沒有人有心情去放火燒房了。

當下，臭魚手持棍棒在頭前開路，其餘的人陸續跟在後面，一起出了藥鋪的前門。

豪雨瓢潑，兀自未停。我們的兩輛車經過爆炸，火已經滅了，但還冒著餘煙。過去查看，雖然沒被炸得稀巴爛，但也澈底報廢，沒法再開了。地上到處泥濘不堪，依稀可辨有一個巨大的足印，那足跡只有三個腳趾，似獸非人，不知其究竟是何物。有可能陸雅楠就是被這巨大足印的製造者所害，多半已經遇難了。

想到此處，全身打個冷顫，只是不知那怪獸為何沒進房把我們這一夥人全部抓去吃了？

就在這時，天上又亮起一道閃電，這次我們有了心理準備，沒有抬頭去看天空，而是準備藉著這一瞬間的光明，看看周邊的環境。

我順著我們開車來時的道路看去，一顆心如同沉到了大西洋海底的深淵之中。

只見藥鋪周圍荒草叢生，四周全被密密匝匝的無邊林海所覆蓋，大水已經淹沒了道路。

這一來可非同小可，我們唯一仰仗的退路給斷了。

在這麼大的雨夜之中，貿然進入林海無疑自尋死路。更何況，那林中情況不明，誰知道是個什麼鬼去處，說不定那巨腳怪獸正等在其中，恭候著我們這四份送上門的宵夜。

四人無奈之下，只好又回到藥鋪之中，阿豪把車中的應急箱拿了進來，藤明月在她的車裡找了些吃的東西，也一併帶進房中。

我把阿豪拿來的應急箱打開，裡面只有一枝手電筒，幾節電池，兩個應急螢光棒，一瓶502膠水，半卷膠帶，幾塊創疴帖，其餘的就是些修車的工具，沒什麼有價值的東西。

我嘆息道：「早知今日，咱們就該在車上裝GPS，那就不會迷路了。」

阿豪和藤明月不停地拿手機撥打電話，想找人來救援，但在這荒郊野外，一點信號都沒有，他們忙活半天，都是徒勞。

臭魚忽道：「我有最後一招，咱們在這裡坐著等到天亮。」

我們一聽之下，無不大喜，臭魚這招雖笨，但是可行性極高。

我低頭看了看手錶，發現指針指著凌晨兩點整。對阿豪說道：「現在已經兩點了，用不了幾個小時天就亮了，只要天亮起來，咱們就如同鳥上青天，魚入大海了。」

阿豪聽了我的話一臉茫然地說道：「怎麼？你的錶現在兩點？咱們剛發現陸雅楠失蹤的時候，我看了一次手錶，正好是兩點，後來又看了兩次，也都沒有變化，還是兩點，我以為是我的錶停了。」

聽了我們的對答，藤明月也低頭看自己的錶，臭魚從來不戴手錶，拿出手機來看時間顯示。

最後我們終於確認了，所有的計時設備所顯示的時間，都停留在了兩點整。

我們綜合分析了一下所面臨的局面，感到形勢十分嚴峻。

面前一共有三個選擇，第一是進入森林，但是沒人能保證一定可以找到路，並且那個不知是什麼的巨大怪物潛伏在外，隨時可能發動襲擊，失去了房間的依托，我們的安全係數幾乎為零。

第二個選擇，是留在房中死守，這一夜之間，似乎也只有這間藥鋪裡面稍微安全一些。但是這裡在兩點鐘之後好像就失去了時間的概念，我們能不能平安地等到天亮？甚至說天還會不會亮。這些大家心裡都沒個準譜。

還剩下最後一個選擇，就是去看看臥室的地板下有些什麼，說不定能找到些線索，解開這些如同亂麻一樣的謎。但是地板下潛藏著什麼危險？究竟值不值得去冒險一試？

藤明月苦苦哀求，堅持讓大家等在房中，並說自從看見了水晶中的圖像，就有一種不祥的預感。

但是怎奈，我們這三人都是在商戰中摸爬滾打慣了的人，血液中湧動著一種賭徒投機的特性，與其坐在這裡乾等，不如抓住那一線的機會，放手一搏。

說幹就幹，我因為腿疼，和藤明月一起留在客廳，阿豪、臭魚去裡屋撬地板。

始料不及的是，這次的賭博行為，我們所押上的籌碼是所有人的生命。

第五幕　古墓

我坐在客廳的長椅中揉著自己被石像壓得又青又腫的腿，無意中看了藤明月一眼，發現她也在凝視著我，目光一撞，雙方趕忙去看別處。

我心中一動，回想起剛才給她做人工呼吸的情形，發覺自己對她也不是剛見面時那麼反感了，從內心深處逐漸萌發了一些親近的感覺。

但是孤男寡女共處一室，不免有些尷尬，我想找個話題跟她聊聊，想了半天，對她說道：「妳看那水晶中的圖像，除了覺得可怕之外，有沒有很悲傷的感覺？」

藤明月點頭說道：「是的，好像內心深處，被一根針刺破了一個洞，哀傷的情感像潮水一般湧了進來。現在回想起來，那似乎是一種……是一種眼睜睜看著自己死去而又無能為力的悲哀。我也很奇怪，為什麼會有這種感覺，剛才還難過得哭了半天。」

我剛才也覺得難過無比，只是不知怎麼形容，確實如藤明月形容的，那絕對是一種對於自身宿命的無助感。

我問藤明月道：「妳覺得咱們看到的不同圖像，代表著什麼意思？是不是一種用抽像來表達的內容？」

藤明月說：「我也不清楚，好像都是些無意義的東西組成的畫面，似乎是毫無關聯，但是觀之令人膽寒。你說咱們還能不能見到明天早上的太陽？」

不論任何危機，我從不說半點洩氣的言語，於是笑著安慰她說：「沒問題，妳命好，碰到我們這無敵三人組，我們什麼沒經歷過啊，什麼賊跳牆，火上房，劫飛機，搶銀行，都見得多了，每次都是有驚無險。這種未夠班的小情況，哪裡困得住咱們？」

藤明月也笑了，說道：「你們這三個人的性格作風，也當真少有。你大概就是你們這小團伙的壞頭頭吧？」

我聽得氣憤，怒道：「什麼壞團伙？合著妳拿我們當黑社會了啊，我不做大哥已經好多年了，想當年我……」

我正和藤明月侃得起勁，阿豪在裡屋招呼我們：「你們倆進來看看，我們找到一條地道。」

藤明月見我的腿腫了，就扶著我進了裡屋，其實我腿上雖然腫了，但是還能自行走路跑動，不過既然美女一番好意，我豈能辜負，於是裝出一副痛苦得難以支撐的表情，每走一步就假裝疼得吸一口涼氣。

我心中暗想：「我這演技精湛如斯，不去好萊塢拿個奧斯卡影帝的小金人，真是白瞎了我這個人，艾爾・帕西諾那老頭子能跟我比嗎？」

走到屋內，看到房中那塊地板已被撬開，扔在一邊。阿豪和臭魚正用手電照著地面上露出的一個大洞，有一段石頭臺斜斜地延伸下去，洞裡面霉氣撲鼻，嗖嗖地往外冒著陰風，深不見底。

阿豪伸手探了探洞口的風，說道：「這不是密室，氣流很強，說明另一邊有出口。」

我想在藤明月面前表現表現，自然不能放過任何機會，也把手放在地道口試探，說道：「不錯，確實另有出口，另外這裡面雖然霉氣十足，但是既然空氣流動，說明人可以進去，不會中毒窒息。」

藤明月說：「這裡面霉味很大，可能是跟不停地下雨有關，說不定下面會有很多積水，咱們不知深淺，最好別輕易下去。」

我想嚇嚇臭魚，對他們說道：「有水也不怕，咱們先把臭魚綁成棕子扔下去試試，如果沒什麼問題，咱們再下去。」

臭魚瞪著眼說道：「本來我獨自下去也不算什麼，只是現在我肚子餓得癟了沒有力氣，不如把剩下的食品都給我吃了，我便是死了，做個飽死鬼也好。」

阿豪說道：「藤明月的那點食物也不夠給你塞牙縫的。先不忙下去，咱們到客廳旁的廚房裡看看有沒有什麼吃的東西，十幾個小時沒吃飯，想必大家都餓得透了。」

於是眾人又重新回到客廳，在廚房裡翻了一遍，發現米缸中滿滿的全是大米，米質並不發陳，可以食用，又另有些青菜豆腐也都是新鮮的，油鹽醬醋和爐灶一應俱全，只是沒有酒肉。

我和臭魚都不會做飯，只能大眼瞪小眼地看著。好在有個女人在場，阿豪給她幫忙，沒用多久，就整置出一桌飯菜。

阿豪邊吃邊說道：「這藥鋪廚房中有米有菜，和尋常住家居民的生活一般不二，看來那陳老頭祖孫並不是鬼，不然他們弄這麼多米麵青菜做什麼。」

臭魚嘴裡塞滿了飯菜，含混不清地說道：「我早說了，這家黑店是賣人肉的，所以廚房裡沒有雞肉、牛肉，全是一水兒的青菜豆腐。他們想吃肉時，便宰個活人。」

聽到臭魚如此說，藤明月想起了陸雅楠，食不下咽，又開始哭了起來。

我瞪了臭魚一眼，心說這條爛魚，怎麼哪壺不開提哪壺。

不多時，吃飽喝足，我站起身來活動腿腳。

阿豪把手電筒集中起來，一共有三枝，還有四節電池。我和阿豪各拿一枝，剩下一枝備用。另外把膠帶和502膠水、創痾帖、應急照明棒等有可能用上的物品也都隨身帶好。

一行人來至地道入口處，臭魚火雜雜的便要跳下去，我一把拉住他說：「你還真想一個人下去？要去也是咱們四個人一塊兒去。」

阿豪也說：「你這臭魚雖然臭了些，但讓你一個人冒險，我還真有點不忍心，萬一你要有個三長兩短，你外面那些妞可就便宜了別人。」

臭魚大笑：「我要是死了，那些妞你們哥倆分了吧。」

我罵：「烏鴉嘴，還是留著你自個兒享用吧。」

話說完，不待他們再開口，我拿著螢光棒在前引路，一馬當先下了地道，其他人等也魚貫而入，臭魚斷後，又把本已撬開扔在一旁的地板磚重新蓋住頭頂的入口。

順著長滿苔蘚的石頭臺階，不停地往下走了好一陣子，才下到了臺階的盡頭。

傾斜的地道終於又變得平緩，四人緊緊地靠在一起，藉著微弱的藍色螢光在漆黑的地道中摸索著前進。

整個地道有兩米多寬，兩米多高，地上和牆壁上都鋪著窯磚，四處都在滲水，地上溜滑，空氣濕度極大，身處其中，呼吸變得越發不暢。

臭魚邊走邊說：「那一老一小兩隻鬼，會不會是從那古墓裡出來的？打又打不到，抓又抓不住，如何對付才好？」

阿豪說道：「對付亡靈咱們只有一招可用，就是兩鴨子加一鴨子，撒丫子（編按，北京土話，指逃跑。）。」

走不多遠，在地道的左手邊發現了一間石室，我問阿豪：「這該不會是間墓室吧？」

阿豪說道：「應該不會，這些磚都是解放後生產的制式窯磚，看來這地道也不過是幾十年以內的歷史。咱們進這間石室看看再說。」

這石室是從地下一大塊完整的岩石中掏出來的，大小相當於藥鋪最裡面那間「臥房」的一半。裡面也無特別之處，只是要比地道裡乾燥許多，室中一燈如豆，擺放一張大床，上面有鋪蓋被褥，十分乾淨整潔。另有一張小桌，上面擺著一個小小的骨灰罈，除此之外更無他物。

臭魚想把骨灰罈砸碎了出氣，被阿豪攔住，阿豪拿著骨灰罈說道：「我聽人說亡魂就宿於裝殮屍骸的器物中，如果砸碎了就會變成孤魂野鬼不得超生。那老陳祖孫雖然好像是鬼，但是至少他們沒對咱們做什麼傷害性的舉動，剛才也只是嚇你一嚇，沒造成什麼損失。在沒搞清陸雅楠的失蹤是否和他們有關之前，最好別把梁子結得太大，得給自己留條後路。」

藤明月也很認同阿豪的觀點，說道：「就是說啊，別把事情做得太絕了，得饒人處且饒人。」

我對他們二人的這種鴿派的作風非常反感，我的主張和臭魚一樣屬於鷹派，對待敵人要像寒冬般嚴酷，即使不確定是敵人，只要察覺到對方可能構成了對己方的威脅，就應該先下手為強，當斷不斷，則必留後患。

不過，既然藤明月心軟，我也不好多說什麼了，我剛才還在盤算著回去以後讓她做我老婆。當下只得隨著他們離開了石室，繼續向地道的深處走去。

隨後的地道時寬時窄，蜿蜒曲折，可能是修鑿時為了避開地下堅硬的岩層所致。

大約走了二十幾分鐘，眼前豁然開朗，終於來到了另一端的出口，撥開洞口的雜草，發現外邊仍然是傾盆大雨，唯一的變化就是這裡不再像之前那麼黑得伸手不見五指，隔著十幾米就有一盞防雨的常明風燈，就好像是城市裡的路燈。這燈光雖然也極為昏暗，但是對我等來說，簡直就如同重見天日一般。

回首來路的出口，原來是在一個小山坡的背後，沒膝的荒草把地道出口遮蓋得嚴嚴實實，若不知情，絕對無法找到。

阿豪用筆在本子上畫了幾個參照物做標記，以防回來時找不到路。

荒野之中沒有路徑，只得深一腳淺一腳地緩緩前行，直奔著燈光密集的地方走去。

臭魚眼神好，突然一指南面說道：「呵，原來你們說的那個村子是在這裡。」

我們放眼南望，透過茫茫的雨霧，在死一般寂靜的夜幕中隱隱約約有百餘棟房屋聚成一片，確是個小小的村落。

從我們所在的高地順勢向下便覓得一條道路，沿道路而行，來到了村子的中央。

村子中間的廣場，是一條十字路，一寬一窄的兩路交叉，把整個村子分成四塊，我們所來的那條路，是其中窄的那條。

全村寂靜無人，就連雞鳴犬吠都不得聞，看來這裡根本不存在任何活著的生物。

我們隨便推了幾家的房門，門上無鎖，房中卻沒有任何人跡，從房內的積灰蛛網來看，至少有十幾年沒人居住進出了。所有的房中都如同尋常農村百姓的住宅一樣，家私樸實，沒有特別奢華的事物。各處還都保持著生活中的跡象，有的人家中鍋裡甚至還有正煮了一半的飯菜，當然那些食物早就腐朽不堪了。

只是不知人和家畜都去了哪裡，難道是在一夜之間，這上百個家庭全部人間蒸發了嗎？

也許是突然發生了什麼大的災難之類的突發事件，所有的人毫無準備，就突然遭難。就連聰明精細如同阿豪，也是百思不得其解，此事已經超出了人類的常識。然而我們幾個人也不具備推論這種超自然現象的能力。

眾人冒著大雨，順著村中最寬的道路來到了村子盡頭的一片建築之中，這一帶不同於其餘的那些普通民居，由呈品字型的三部分組成。

中間是個二層樓高的山坡，前面立著十數座石人石碑，當前一座巨碑高近三米，人在其下站立，會產生一種壓迫感。

我們走近觀看石碑上的文字，發現都被人為地刮掉了。唯獨左下角有幾個小字沒被刮掉，上面刻有：「唐貞觀二十一年」的字樣。

臭魚問我：「這山坡為什麼還要立碑？是不是以前是古戰場，做為紀念。」

我說：「你問我，我問誰去？我還糊塗著呢。」

阿豪用手點指石碑後面的山坡，說道：「那不是山坡，是墳丘。這就是那座唐代古墓，我本指望只是一場誤會，沒想到現在事態的發展，已經對咱們越來越不利了。」

我們用手遮在眉骨上擋雨，抬頭仔細觀看那座巨大無比的墳丘，心中不由得產生了一種畏懼之意。

左側是一棟大宅，庭深院廣，大門緊緊地關閉著，裡面黑沉沉的很是嚇人。無意中看上一眼，便會產生一種悲哀痛苦的感覺，同時無邊的黑暗從四面八方衝進大腦。

我們不敢再多看那大宅，轉過身看對面的另一座建築，卻是一座古香古色的磚木結構的二層小樓。建築風格絕不同於今日的建築，樓頂鋪著黃綠相間的琉璃瓦，四角飛簷各築有鎮宅辟邪的神獸。門前有塊牌子，上寫「眠經樓」三個篆字，樓中隱約有昏黃的燈光透出來。

藤明月自從進了村子就緊張害怕，這時指著眠經樓說道：「看字號這裡好像是藏書的，咱們進去看看有沒有什麼文獻記錄之類的，也好知道咱們現在究竟身處何地，這樣才能思索對策。」

其實，即使她不這麼說，我們三人也都有此意，反正只有這三處不同尋常的地方，那大的超乎尋常的墳墓是沒人想去的，左側的大宅，別說進去了，只看上一眼身上就起滿了雞皮疙瘩。也只有這像是書房的地方能去看看。

臭魚一腳踹開大門，拿了棍子在門邊亂打，裡面到處是積灰，嗆得我們不停地咳嗽。

我問道：「老于，你折騰什麼呢？是不是剛才吃多了想消消食？」

臭魚答道：「我看電影裡像這種地方一開門，就往外飛蝙蝠，真他奶奶的見鬼，這裡卻沒有半隻，害得我空耍了這許多氣力。」

樓中屋頂掛著一盞琉璃水晶的風燈，不知道使的什麼光源，看樣子幾十年來都不曾熄滅過。

上下兩層都是一架一架的群書，插了不少書籤，兩邊几案上各有文房四寶，另有一幅屏風，眾人一見那屏風上的圖案，無不大喜，竟然是完完整整的一張全村地圖。

阿豪用筆把圖中的標識道路一般不二地畫在自己隨身的筆記本上，說道：「這下有希望出去了。」

我和臭魚兩人看他在畫地圖，於是在周圍亂翻，想找些值錢的事物，回去之後變賣了，也好入手一點精神損失費。

可是除了各種古籍手記之外，更無什麼名貴的事物，我隨手翻開一本線裝書冊，看見封面上寫有「《驅魔降鬼術》驢頭山人手書」。

我哈哈大笑，招呼那三人過來觀看，我說：「這作者名字夠侃的啊，驢頭，肯定長得很難看。」

阿豪也過來說道：「是啊，要是讓我選驢頭和魚頭兩種相貌，我寧可選魚頭。」

臭魚不知阿豪是諷刺他，也樂著說：「哈哈，長了驢頭還能出門嗎？整個一怪胎。」

藤明月說道：「這書名真怪，世上真有能驅魔降鬼的本事嗎？咱們看看，挑簡單的學上幾樣，也好防身。」

我隨手翻開一頁，見這一頁中夾著一個紙做的人形書籤，約有三寸大小，做工極為精緻，是手工鏤空雕刻。紙人頂盔貫甲，手持一把大劍，雖然只是紙做的，卻顯得威風凜凜，紙人書籤黏在書頁上，我隨手撕下紙人，扔在身後地上。

看那頁上寫道：「以生米投撒，可趕鬼魅，以米圈之，則魂魄可擒矣。」

我說道：「這招簡單，藥店廚房裡有得是米，只是不知管不管用。」隨後接著念道：「翻閱此書，切勿使人偶書籤遇土，否則……」

正讀到這裡，藤明月忽然指著我們對面的牆說：「咱們只有四個人，怎麼牆上有五個影子？」

我心中一沉，本能地感到身後存在著一個重大的危險，這種情況下，我才不會弱智得先抬頭去看牆壁上的影子浪費寶貴的求生時機。

我直接拽住藤明月的胳膊一拉，連她一起側身撲倒。

一把大劍喀嚓一聲把我們剛才站立處的桌案，連同驢頭山人寫的書砍成兩段。我躺在地上回頭看去，只見身後站著一個金甲紙人，真人那麼高，殺氣騰騰地拎著一口大寶劍，無聲無息地站在我們身後。

那金甲紙人一擊不中，反手又去砍站在另一邊的阿豪，阿豪躲閃不及，腿上中招，鮮血迸流，把整條褲子都染得紅了。

金甲紙人舉大劍又向阿豪腦袋斬去，阿豪驚得呆了，無法躲閃，只能閉目等死。

說時遲，那時快，在此間不容髮之際，臭魚一棍架住斬向阿豪的大劍，怎奈那金甲紙人力大劍沉，雖被棍子架住了劍，仍緩緩壓向阿豪的頭部。

阿豪腿上受傷不輕，動彈不得，我見此情況，連忙和藤明月伸手拉住他沒受傷的另一條腿，將他向下拉出兩尺。

也只差了這半瞬的功夫，金甲紙人的大劍已壓倒臭魚的棍子砍在地上，那處正是剛剛阿豪的腦袋所在。

臭魚見阿豪受傷，暴怒之下，一把扯掉上身的衣服，掄起棍子和金甲紙人戰在一處。初時臭魚尚且有些畏懼，後來卻越打越猛，口中連聲呼喝，把那一套詠春棍法使得發了，虎虎生風，金甲紙人雖然厲害，一時也奈何他不得，雙方翻翻滾滾的展開一場大戰，那書齋中的書架桌椅屏風盡數被砸得粉碎。

我見臭魚暫時擋住了敵人，就把阿豪負在背上，也不顧腿上之前被砸得發腫疼痛，咬緊牙關，衝出了書齋。

藤明月跟在後面攙扶，一起到了大墳前的石碑下，我見阿豪傷口深可見骨，兩側的肉往外翻著，就像是小孩的大嘴，血如泉湧。來不及多想，馬上把襯衣撕開，給他包紮傷處。又把剩下的破衣當做繩子狠狠地繫在他大腿根處止血。

我既擔心阿豪，又掛念臭魚的安危，處理完阿豪的傷口之後對藤明月說道：「你好好照顧阿豪，我先去幫臭魚料理了那紙人。」不等她答話，光著膀子就返身跑回到書樓之中。

此時臭魚與那金甲紙人戰了多時，完全占不到上風，因為那紙人渾身硬如鋼鐵，棍子打在上面絲毫也傷他不得。

他們兩個刀來棍往，旁人近不得前，我只好站在臭魚後邊給他吶喊助威，不停地支招：「老于，他下盤空虛，打他下三路！抽他腦袋，快使用雙節棍，哼哼哈嘻。」

臭魚叫道：「哥兒們這回可真不成了，日他紙大爺的，他比坦克還結實。你快跑吧，我撐不了多久了，咱們跑出去一個算一個。」

我如何肯扔掉兄弟逃命，環顧左右，看盡是桌椅書籍，心想這紙人是紙做的，不知使了哪般法術才刀槍不入，只是不知這傢伙防不防火。

於是掏出打火機來點燃了兩本書，大叫：「老于快跑，我連房子一起燒了他。」

此時臭魚豁出性命硬拚，體力漸漸不支，只剩下招架之功，根本抽不出身，只是大叫：「放火，放火。」

我怕燒起火來臭魚逃不掉，和紙人同歸於盡，便不想再放火，沒成想，那房間裡面極其乾燥，書本遇火就著，我剛點燃的兩本書，轉眼就燒到了手，急忙扔在地上用腳去踩，不料根本踩不滅，頃刻間已經有兩個大書架被火星點燃，燒起了熊熊大火，只須過得片刻，整座書樓都會被大火焚燬。

情急之下，我撿起一把書樓中掃灰用的雞毛撢子，從側面劈頭打向那金甲紙人。

金甲紙人似乎沒有思維，看見誰就打誰，見側面有人動手，就撇開臭魚，舉劍向我砍來。我哪裡是他的對手，只能四處躲避。

臭魚藉機會緩了一口氣，虛晃一招，跑出了書樓。

我腳下忽然一個踉蹌，摔倒在地，金甲紙人大步向我逼近，手中寶劍高高舉起，筆直地向我砍下來。就在這千鈞一髮之際，我閉上眼睛，雙腳如搏鷹之兔樣使勁蹬去，踹在金甲紙人的小腿上。金甲紙人站立不穩，重重地摔倒在地。

我立刻翻身爬起，順勢將邊上一排書架推倒，壓在那紙人身上。

我在轉身逃跑之前，忽然想起什麼，低頭仔細去看那紙人。只見他還在拚命掙扎，身上的金甲顏色在搏鬥中已經褪去了一大片，露出裡面黑漆漆的顏色。還有，紙人的臉上這時也露出些痛苦的表情。

我不及多想，轉身撒腿跑出樓去。

整座樓轉瞬間就被火焰吞沒，我和臭魚剛才一番死裡逃生，精疲力竭，趴在離書樓二十幾米的泥地中喘作一團。

這時只聽藤明月在遠處焦急的叫喊聲響起：「你們倆快過來……阿豪昏死過去了……血止不住了。」她的聲音帶著哭腔從大雨中傳來，我和臭魚心裡慌了，不約而同地感到，有一片不祥的陰影掠過心頭。

我們連忙跑過去看阿豪的傷勢，雖然用衣服包住了他腿上的傷口，仍然沒能止血。阿豪可能因為失血過多已經昏迷了過去，人事不省。

來不及細看，必須先找個避雨的處所，因為在這大雨之中，傷口隨時有感染的可能，如果發炎化膿的話，這條腿能不能保住就很難說了。

那處黑沉沉、陰森森的大宅是不敢去的，我們只好就近找了一間普通民居破門而入，把阿豪放在房中的床上。

經過這麼一折騰，阿豪又從昏迷中醒了過來，臉上毫無血色。藤明月在房中找了一些乾淨的床單擦去他身上的雨水。

我把阿豪傷口上包紮的衣服解開，仔細觀看傷口，那刀口只要再深半寸，恐怕連腿骨都要被砍斷了，殷紅的鮮血像自來水一樣不停地冒出來。

只是眼下無醫無藥，如何才能止血？看來現在腿能不能保住不重要了，首先做的應該是止血救命。

我忽然想起一個辦法，趕緊把包中的502膠水和膠帶拿來。

藤明月不解其意，問要膠水何用？

我說道：「妳沒聽說過嗎？美國海軍陸戰隊裝備了一種應急止血劑，叫做強力止血凝膠，在戰場上傷員大量出血，如果沒辦法止血的話，就用這種止血劑先把傷口黏上。其實我看那不過就是一種膠水。還有用木柴燒火，把傷口的肉燙得壞死也可以止血，不過現在來不及燒火了，打火機是燃氣火焰有毒不能用，已經沒別的辦法了，再猶豫不決就來不及了。」說完就要動手黏阿豪的傷口。

藤明月急忙攔住我說道：「不行，你怎麼就會胡來，這是502膠水，不是藥！咱們再想別的辦法，總會有辦法的！」

我怒道：「現在不黏上，他就會因為失血過多死掉，咱們又沒有藥品，難道就眼瞅著我兄弟流血流死嗎？」

阿豪躺在臭魚懷中，昏昏沉沉地說：「別擔心……就讓他看著辦吧，反正這條命今天也是你們救出來的，就算死了也沒什麼……死在自己人手裡，也強於死在怪物刀下……早死我還早投胎呢。」

我罵道：「這都什麼時候了，你他媽的還充好漢，有我在，絕不能讓你死在這兒，要死也要回去死在自己家的床上。」

沒功夫再跟他們廢話，我一把推開藤明月，先從包裡的拿出一枝菸放在阿豪嘴裡，給他點著了火。

臭魚用床布在阿豪傷口上抹了幾把，把周圍的血擦掉，趁著裡面的血還沒繼續流出，我就拿502薄薄地在傷口皮層上塗了一片，雙手一捏，把傷口黏在一起，又用膠帶在受傷的大腿處反覆纏了幾圈，脫下皮帶死死地紮住他的大腿根。

這幾個步驟做完之後，我已經全身是汗，抬起胳膊擦了擦自己額頭的汗水。臭魚對我說道：「效果不錯，阿豪還活著。」

我抬頭去看阿豪，發現他疼得咧著嘴、齜著牙，腦門上全是黃豆大的汗珠子。他怕我手軟，硬是咬了牙強忍住疼痛一聲也不吭。

我忙問他：「你感覺怎樣？還疼不疼？」

阿豪勉強擠出一句話來：「太……太他媽疼了……如果你們不……不介意……我要先昏迷一會兒……」說完就疼暈了過去，那枝香菸竟然還在嘴裡叼著。

不知是我這套三連發的戰地急救包紮術起了效果，還是他腿上的血已經流沒了，總之血竟然奇跡般地止住了。而且他能感覺到疼，昏迷之後呼吸平穩，說明暫時還沒有生命危險。

臭魚紅著眼圈對我說道：「如果天亮前送到醫院，還能活命，不過這條腿怕是沒了。」

我點點頭，沒有說話。把阿豪嘴裡的香菸取下來，狠狠地吸了一口，這才發現自己渾身顫抖，連站都站不穩了。

見阿豪只是昏睡不醒，我和臭魚在那房中翻出幾件衣服換下身上的濕衣，順便也給藤明月找了一套女裝。

這些衣服都是二十幾年前的老款式，穿在身上覺得很彆扭。三個人商量了一下，準備讓阿豪稍微休息一下，等傷勢穩定一點，就參照地圖找路離開。

臭魚剛才書樓裡打脫了力，倒在阿豪身邊呼呼大睡。

我腿上的傷也很疼痛，又想到阿豪的傷勢難免繼續惡化，還有當前的困境，不由得心亂如麻，坐在地上一根接一根的吸菸。

藤明月坐在我身邊又開始哭了起來。我心中煩躁，心想這些人真沒一個是讓人省心的，但是也只能好言安慰，說：「我剛才太著急了，不應該對妳亂發脾氣。」

藤明月搖搖頭，說道：「不是因為你對我發脾氣，我在擔心阿豪和陸雅楠。」

我發現她總揉自己的腳踝，問她怎麼了她不肯說，我強行扒掉她的鞋子發現她的踝骨腫起一個大包，我問藤明月：「妳腳拐了怎麼不告訴我們？什麼時候拐的？」

藤明月低著頭說：「從書樓裡跑出來時不小心踩空了，不要緊的，我不想給大家添麻煩。」然後取出掛在頸中的十字架默默禱告。

我心裡更覺得愧疚，對她說：「真沒想到，妳原來也信耶穌啊？咱倆還是教友呢。」

藤明月看著我說道：「太好了，咱們一起來為大家祈禱好嗎？」

我說我出來得匆忙沒帶十字架，回去之後再補上，妳先替咱們大伙祈禱著。心中卻暗想：「我的信仰一點都不牢固，如果由我來祈禱，會起相反的作用也說不定。」

藤明月說：「你就蒙我吧你，哪個信教的人會把十字架忘在家裡？」

我心想這要再說下去，肯定會被她發現我又在胡侃了，想趕緊說些別的閒話，但是我的嘴又犯了不聽大腦指揮的毛病，想都沒想就說：「咱回去之後結婚吧。」

藤明月沒聽明白：「什麼?誰跟誰結婚？」

我想既然已經說出來了，乾脆就挑明了吧，於是把心一橫鄭重地說道：「我發現妳就是我喜歡的類型，我打算向妳求婚，我對自己還是比較有自信的，不過像妳這麼好的品貌，一定有很多男人追求吧?有沒有五百個男人追求妳?如果只有四百個競爭者我一定能贏。」

藤明月本來心情壓抑，這時倒被我逗樂了，笑著說：「嗯……跟你結婚也行，你雖然沒什麼文化，人品倒還不壞。不過，我們家歷來有個規矩，想娶我們藤家的姑娘，先拿一百萬現金的聘禮。」

這可把我嚇壞了，心想這小娘子真敢獅子大開口，該不是拿我當石油大亨了吧？

藤明月看我在發呆，便說道：「看把你嚇的，怕了吧？誰要你的臭錢啊。逗你玩呢。」

我還沒從打擊中回過神來，怔怔地說道：「我能不能……付給你日圓啊？」

這時阿豪醒了過來，我才得以從尷尬中解脫出來，和藤明月一起過去看他，他的精神比剛才好了不少，只是仍然很虛弱，他讓我從包裡把他的筆記本拿來。

阿豪翻到他所畫的地圖，說道：「還好把地圖抄下來了，咱們商量一下怎麼出去吧，我還真不想死在這裡啊。」

我讓他先休息一會兒再說，阿豪堅決不肯。指著地圖給我們倆講解：「你們看，這裡是咱們去過的眠經樓，這個大墳下邊有條地道，那處大宅院裡同樣有條地道，而且這兩條地道互相連接，地下的路線是用虛線標明的，下面的結構很複雜，一直通向地圖的外邊。這座墳下面還標明了有規模不小的地宮，中間被人特意畫了一個紅圈，看來是處重要的所在。」

阿豪又指著我們從藥鋪找到的地道出口位置說道：「咱們是從這裡來的，但是這條地道在圖中並未標明，看來藥鋪中的地道是在這地圖繪製之後才挖的。這些年來還有沒有別的變化咱們不得而知。不過從這張地圖上來看，四周都是山地和密林，唯一有可能是出口的就是那唐代古墳後面隔著一條林帶的這個山洞。」

我問道：「咱們還有沒有別的選擇？山洞走不出去怎麼辦？」

阿豪說：「如果山洞走不通，那麼咱們只能退回來在巨宅和巨墳的地道中任選一條了，不過這兩條地道可能都很危險，咱們走錯了一條可能就出不來了。」

我拿著地圖反覆看了兩遍，確實如阿豪所說，只有走山洞中的隧道這條路看來比較安全，也比較有希望走出去。

藤明月整理了一下剩餘的裝備，已經少得可憐了，只有一枝手電筒，四節型號不一的電池，以及最後的一根螢光照明棒。

由於要鑽山洞，我想在附近的民居中再找些可以照明的物品，但是這裡的人家好像對電器十分反感，沒有任何電器製品，忙亂中也忘記了可以做幾枝火把應急。

阿豪急於離開這是非之地，便叫醒了臭魚，四人一共八條腿，這時卻有其中三個人的四條腿受了傷，只好互相攙扶著向墳後的山洞走去。

有了地圖，很容易就在墳後大山下面找到了山洞的入口。

事已至此，不管能不能出去，都要硬著頭皮走一遭試試了，希望這次好運能站在我們一邊。

洞口很大，洞中雖然漆黑一團，但是道路筆直，倒不難行走。

為了節省光源，我們沒用手電照明，只是排成一列，在黑暗中摸索著牆壁前行。

走了一段之後，藤明月蹲下身去摸索：「說道，這洞裡好像有鐵軌。」

阿豪忽然指著前邊叫道：「是這個，就是這個，我看見過……在水晶裡看到的影像就是這個！」

忽然間，我們前方傳來一片轟隆隆的聲音，像是洞頂有些巨大的石塊落了下來，然後在山洞裡發出巨大的迴響。我們盡皆駭然，不及多想，一起撒開腳丫子向前狂奔。

奔跑時，我一把抓住藤明月的手，不想讓自己跟她分開。患難見真情，危難之際，充當女人的護花使者，女人稍微有點良心，都會在事後以身相許。我心裡正打著如意算盤，忽然覺得抓住的手骨節粗大，粗糙無比。隨即，聽到耳邊響起臭魚喘著粗氣的聲音：「真是好兄弟，這會兒還不忘拉兄弟一把。」

我操，本來想拉藤明月的手，卻錯拉了臭魚的。

山洞裡黑乎乎的，耳邊盡是紛沓的腳步聲。

我跟臭魚腿腳俐落，終於跑出山洞，但阿豪和藤明月卻沒了蹤影。我們倆面面相覷，探頭再往山洞裡看，裡面靜悄悄的，沒一點動靜。我們猶豫著要不要回去找阿豪和藤明月，就在遲疑不定的時候，裡面忽然傳出些腳步聲，接著，藤明月跌跌撞撞地衝了出來。

臭魚上去往她身後看，大聲叫：「阿豪呢？」

我這時顧不了許多，看藤明月狼狽不堪，好像受到了極大的驚嚇，不僅花容失色，而且面色煞白，就跟撞了鬼一般。

我放低聲音問：「阿豪沒跟你在一起嗎？」

藤明月失聲哭了起來，她說：「阿豪死了，阿豪讓火車給撞死了！」

女人膽子都小，受了驚嚇，胡言亂語挺正常的事。但是，藤明月接下來跟我們說的話，卻讓我跟臭魚都呆立那兒。

原來方才在山洞裡，我們四個跑散了，藤明月正往一個方向跑，忽然前方出現一道刺眼的光亮，接著，一輛火車，從遠方直衝過來。藉著車燈，他看到阿豪正站在自己邊上，呆若木雞地看著前方的光亮。她想上去拉阿豪，但阿豪卻一下子就甩開了她的手。這時，火車已經逼近，她只來得及向後跑出數十步，便跌倒在地。然後，眼睜睜看著火車撞倒了阿豪，直直向她衝了過來，這時候，她唯一能做的事，就是閉上眼睛。

但是，想像中的死亡並沒有發生，她睜開眼，被看到的情景驚呆了。

火車在馳到她身前一米遠時，忽然一節節地消失了。

消失不見的只是到了藤明月跟前的車體，後面的車身形成一個橫切面。裡面的乘客機械清晰可見，一片片在眼前消失。

只見一層層的車體橫截面不停地疊壓推進，足足過了半分鐘，整列火車才過完消失無蹤。然後四周靜悄悄的，就如同什麼也沒發生過一樣。

藤明月完全被嚇傻了，直到山洞裡徹底恢復了平靜，這才跌跌撞撞地起身到前面去查看，但阿豪已經被那列鬼火車吞沒，哪裡還有一點蹤影。

我們聽完藤明月的講述，全都目眥俱裂。

永別了，朋友！

我祈求上蒼多去憐憫那些在黑暗中獨自哭泣的靈魂。

我在這矯情的時候，那邊的臭魚大放悲聲，我想起了阿豪慘死的樣子，急火攻心，眼前一黑，暈了過去。

不知過了多久，感覺人中疼痛，睜眼一看自己在先前休息過的民宅之中，臭魚正掐我的人中，他倆眼哭得如同爛桃一般，見我醒了過來才鬆了一口氣，說道：「你再不醒，我就要給你做人工呼吸了。」

我沒心思跟他說笑，沉默不語坐著發呆，悲從中來又慟哭起來。

這一哭感染了藤明月和臭魚，也跟著一起又哭了半天。

直到哭得筋疲力盡，便各自躺在地上抽泣。

現在畢竟不是難過悲傷的時刻，等大家都平靜下來之後，三人商議，準備按照阿豪臨摹下來的地圖中的兩條地道中，選一條進去尋找出路。就算是橫死在地道裡面，也強過活活地困死在村中。

藤明月說：「最好別進那大宅，我連看都不想看那裡一眼。」

我指著地圖上面畫的虛線說道：「那就只有從古墓的地宮下去了，而且這下面道路縱橫，好像有幾條路和那大宅相通。其實我看從哪下去都差不多。」

藤明月堅持不肯進那大宅，說寧可在古墓裡被古代殭屍吃掉，也不願意接近大宅一步，而且自稱第六感很靈敏，感覺那裡有一具懸在空中的銅棺。

我們又說起在水霧般的晶體中看到那些影像的事來，按阿豪臨死前所說的隻言片語，那種影像似乎是一種死亡的預兆，既然大家都看到了，是不是就說明所有人都活不下去了？

臭魚說道：「日他大爺的，我最恨黑貓，我看到的還是隻渾身黑毛的大老貓，如果說我命中注定死在牠手上，我絕不肯那樣死。你們要是看到我即將被貓害死，就提前在我脖子上割一刀，給我來個痛快的。」

我說：「那也未必，也許只是巧合，你們看到的東西都是實體，要說是死亡的預兆，也有些道理可言，但是我看到的是一個旋轉的圓圈，那是什麼東西？我怎麼可能那樣死？你們認為我會上吊嗎？」

于、藤二人一齊搖頭，藤明月說：「總之咱們都要小心就是，如果見到那些和影像中相同的事物，就及早避開。」

我對藤明月說道：「古墓中難免會有棺材，我走在最前邊，如果看到有懸在空中的銅棺就大喊一聲，妳聽到我喊就趕快往回跑，無論我發生什麼事，妳都不要管。」

藤明月低頭不語，遲遲不肯答應。

我現在心中急躁，不想和女人磨蹭，既然計議已定，就按地圖上的標記，找到了古墓的墓道進入其中。

墓道每隔不遠就有一盞點燃的油燈，光線雖暗，卻還算可以見物，不過奇怪的是那裡根本沒有門，也沒有任何遮攔，逕直下去就是墓主的墓室。

其中也無棺槨，一具人體骨架零散地擺放在室中的一個石臺上，骨質中的水分早已揮發盡了，就連骨頭都接近腐爛，有些部位已經呈現出了紫紅色，似乎這屍骨還被人為地毀壞過。

屍身旁放著一把長劍，一串念珠，都早已腐朽枯爛，不知經過了多少年月才成了這樣。

我們不敢多看，繼續向前，後邊是條向下而行的甬道，參照地圖，在向前走一段就會到達地圖中標出紅圈的位置。

斜下而行的甬道不長，隨即進入了一處大得超乎想像的洞穴，足有一個足球場的大小。

那洞雖然龐大，但是只有腳下一條碎石砌成的窄道可以通行，窄窄的石道兩側下陷，以下半米全是濃重的黑色霧氣，無法看清黑霧中是深潭還是實地，但是可以感覺到裡面似乎有不少蠕動著的物體，看得人毛骨悚然。

這石道如同是在黑色湖泊中的一道橋梁，筆直通向前方，連接著巨形洞穴的另一端出口。

我們壯著膽子，走到石橋的中央，忽聽走在最後的藤明月低聲對我們說道：「咱們後邊跟著一隻黑貓。」

臭魚最怕黑貓，不敢回頭去看，便叫我轉過身去看一眼，然後再把情況告訴他。

我也心中沒底，突然出現的黑貓究竟是什麼？我太懼怕再失去一個重要的朋友了。

我回過頭去，見藤明月正用手指著身後的甬道入口處，示意讓我往那邊看。

在洞穴牆壁昏暗的燈光中，一隻肥肥胖胖的大黑貓正趴在地上。

那黑貓體態臃腫，年紀不小，懶洋洋地在那裡用兩盞小燈一般的貓眼看著我們三人，和尋常家養的寵物一樣，似乎也不會對我們構成什麼威脅。

唯一有些值得注意的就是，牠少說也有二十幾年的貓齡了，這種歲數在貓的世界裡，相當於已過暮年的老人。

我對臭魚說道：「沒什麼，一隻小胖貓，很乖的樣子，牠的嘴再大，也咬不動你。」

臭魚還是不敢看那隻黑貓，問道：「你確定牠不是什麼妖怪變的嗎？我怎麼感到後邊陰嗖嗖的？」

我說道：「要不要我走回去宰了牠？」說完拔出短刀，臉上盡是凶悍之色。

自從阿豪死後，我的心好像也缺少了一部分，突然變得嗜血狠辣，一直想用冷兵器殺些活物發洩心中的痛苦。

臭魚是個渾人，端的是不知好歹，見我要替他殺貓，大聲稱謝：「太好了，我聽說貓有九條命，你宰得澈底一些，你先把牠開膛破肚，把腸子一節一節掏出來晒晒，再把它碎屍萬段，扔到這下面去，日牠貓大爺的，看牠還能怎麼來害本老爺。」

藤明月一把拉住我的手，焦急地說：「千萬別，求你們了，你們男人怎麼這麼殘忍？貓咪實在太可憐了。」

我的手被她溫暖的手一握，忽然心中一軟，緊緊握著刀柄的手也漸漸放鬆了。

我嘆了一口氣，說道：「算了，老于，牠要是真的對你有威脅我再動手不遲。也許你在水晶中看見的是另一隻，這隻真的不像壞貓。」

臭魚點點頭，說道：「好，就依你們，不過，你一定要記得我之前對你說的話？我絕不想被貓害死，到時候我希望你別手軟。」

我心中一片淒涼，說道：「我要是動手殺了你，你小子是痛快了，我下半輩子就別指望睡得著了，咱們不說這些……繼續向前走吧。」

石梁狹窄，我擔心後面的黑貓對臭魚不利，於是讓臭魚走在最前面，我和藤明月跟在他身後。

忽然身後的大黑貓「喵喵」地叫了一聲，我急忙回頭去看。

黑貓就跟在我們身後，牠似乎對人類很親近，希望我們去抱抱牠，給牠抓抓癢。

我想抬腳把黑貓踢下石梁，但是看到藤明月不忍的神色，稍微愣了一下。

就這麼一眨眼的功夫，黑貓已經跑過了我和藤明月所站立的石梁，一下子躥到臭魚腳下。

那黑貓似乎極喜歡臭魚，不住地在他腿上挨蹭撒嬌。

臭魚平時天不怕地不怕，腦袋掉了當球踢的大膽性格，這時竟然被隻胖胖的肥貓嚇得動彈不得，兩腿直打哆嗦。

我見黑貓並不傷人，這才放心，笑道：「老于放心，這小貓不會咬人，你看牠想讓你跟牠玩呢。」

藤明月也覺得那貓黑亮光滑，圓頭圓腦的十分可愛，蹲下去想伸手把牠抱起來。

這時臭魚發了狂一般，雙眼瞪得滾圓，抬起腳狠狠踩了一腳，胖貓躲避不及，喵的一聲慘叫，口吐鮮血，痛得在地上亂滾。

臭魚不容牠再叫，緊接著飛起一腳把黑貓踢下石梁，那貓在半空還未落入石梁下的黑霧之中，就被從黑霧中探出的一隻乾枯人爪，一把抓住。

見到此景，臭魚駭得轉身就跑，豈料腳下一滑，從左邊掉下石梁。

藤明月嚇得不知所措，眼前一黑暈倒在地上。

我百忙之中伸手一抓，勾到了臭魚的胳膊，被他下墜的力道一帶，險些跟他一起掉下去，被墜得趴在石梁上，我手臂都快要被他墜斷了。

也不愧是臭魚，身體素質超於常人，腰上一用力，一隻手勾住我的胳膊，另一隻手已經按住石梁，後背一挺，就可以躍上來。

忽然臭魚覺得腿被人抓住，回頭一看，從下面黑霧中伸出一隻乾屍的手爪，狠狠抓住了大腿，正在拚命往下拉扯，隱約可見那手爪的主人，身材苗條，顯然是個女人。不對，該是女鬼，她披頭散髮，一張臉都陷在黑暗裡，說不出的陰森可怖。

那股拖拽臭魚的力量大得出奇，我拽不住臭魚，也被拖得向石梁邊上挪了半尺。這時藤明月嚇得倒在地上，即使他和我一起拉，也無法和乾屍的怪力相對抗。

臭魚大喊：「老張，快動手，日你大爺的，活幹得俐落些。」

我目露凶光，「刷」的一聲抽出刀來，腿上一緊，藤明月死死抱住我的腿：「千萬不要，你怎麼能殺自己的朋友！」

我對藤明月大喊一聲：「你抓緊了，千萬別撒手。」

話音未落，探出身去，一刀割向抓住臭魚大腿上的那隻乾屍手爪，我原沒指望一刀就能割斷，只是不能見好友死而不救，豁出性命一拚，沒想到那隻乾爪見刀子刺到，居然立刻撒手。臭魚腿上得脫，雙臂一撐石梁，就躍了上來，與藤明月一起把已經掉下去一半的我拉了起來。

底下的女鬼這時也悄無聲息地潛回了黑霧之中，黑霧如水，頃刻間恢復平靜，如同什麼也沒發生過。

臭魚死中得活，心中無比激動，只是對我反反覆覆地說一句：「日你大爺的……日你大爺的……」

我站起身來，用短刀的刀背拍了拍他的臉，嚴肅地對他說道：「我再跟你說最後一遍，你日我行，日我大爺就不行，我最恨別人日我大爺！你他媽再日我大爺，我就閹了你！」

臭魚傻了，問道：「你不是沒大爺嗎？」

我白了他一眼，說道：「沒有也不許你日，你逮誰日誰大爺這習慣很不好。」

不敢多作停留，急忙離開了這條狹窄漫長的石梁，我剛才一時充英雄，其實嚇得腳也軟了，走得很慢，落在了他們二人的後邊。

藤明月和臭魚進了出口，我急忙緊走兩步隨後想趕上他們，還沒進去就聽藤明月在裡面悲哀地哭了起來，邊哭邊喊：「陸——雅——楠」

我聽到哭喊聲，忍著腿上的傷痛，趕忙跑進了石橋另一端的出口。

剛一進去就聽臭魚對我說：「咱們都猜錯了，他們不是開人肉飯店的……是人肉建築工程隊的。」

我聽不懂他說的話什麼意思，舉頭觀瞧，這裡和前邊一間地下洞穴大小相似，與碩大寬廣的洞窟相比，人類顯得非常渺小。

就在洞窟的右手邊，石壁上有個巨大的洞口，足有一幢居民樓的縱面大小。

洞口完全被一堵牆砌得嚴絲合縫，搭建那堵牆的磚，全部是女人的屍體。

屍體的手足頭顱全部被割掉，只剩下中間的一段軀體，就如同一塊塊長方形的大磚頭，層層疊疊，密密麻麻的難以計其數量，粗略估計最起碼有幾十具之多。

屍磚中間所存在的空隙，則以人頭的碎骨碎肉來填滿，有些碎肉上還掛著幾縷女人的長髮，有些縫隙非常小，竟然用人眼球去堵。整面屍牆上都籠罩著一層薄薄的黑氣，縫隙間不時有鮮血流出，濃重的血腥味使得整個空間中到處瀰漫著死亡的氣息。

看來我們在藥鋪附近荒草叢中看到的女體殘肢，就是來源於這些被當作磚頭來碼牆的女屍。

雖然數量眾多，但是所有的屍磚都未腐爛，不知是什麼原因，依然保持著剛剛死亡時的新鮮。

我產生了一種錯覺，甚至覺得屍體斷口處的肉還在疼得跳動。看到這等慘狀，除了臭魚之外，我和藤明月再也忍耐不住，趴在地上不斷嘔吐，最後連膽汁都快吐淨了，方才停止。

藤明月趴在地上，她這一晚哭得太多，眼淚已經乾了，這時卻又乾哭了起來。我本以為她會嚇得暈倒過去，正準備給她再做一遍人工呼吸。

沒想到，她竟然站了起來，跑到屍牆邊上，撫摸著其中一段女屍的屍磚喃喃自語：「雅楠……妳讓我怎麼向妳父母交代啊……求求妳……快活過來吧。」

我擔心她受到打擊太大，導致腦子受了刺激，過去把她拉了回來，問道：「妳怎麼知道那是陸雅楠？」

藤明月指著那塊屍磚說：「她胸前有一大片紅色的心形胎記，除了她那不會是別人。」說完就頹然坐倒在地上，再也說不出話了。

我看了看藤明月所說的那塊屍磚，確實在雙乳之間有一大塊暗紅色的胎記，這種胎記世上絕不會再有第二個人有相同的，看來之前阿豪估計的完全正確，陸雅楠早已遭了毒手了。

自從在藥鋪中發現陸雅楠失蹤以來，我們幾乎每走一步，都會碰上恐怖而又不可思議的危機。面對於這些毫無頭緒的現象，我才發現自己蠢得可以，完完全全地束手無策，腦子裡只剩下一片空白，這片空白中還用紅筆寫了兩個大字「害怕」。

如果我們的軍師阿豪還活著，他也許會想出下一步該如何行動。

我拿出筆記本看了看地圖，發現我們所在的位置，正是地圖上醒目的紅圈，旁邊的註釋只有一個字「門」。

我苦苦思索，這「門」究竟是什麼意思？是不是就是指被屍牆封住的巨大洞口。如果是門，那麼這扇門又是通往什麼地方的「門」？

再查看地圖，圖中這個紅圈周圍完全沒有標註有任何別的通道，只是孤伶伶地畫在那裡。似乎「門」後的情況就連畫圖的人都不曉得，也或許是裡面有不能公諸於眾的大祕密。

我們所在的山洞中，除了「門」和我們進來的入口，在旁邊還畫著一條一直延伸到圖外的路徑。

現在所有的路都行不通，最後剩下的這唯一的一條路，是僅有的一線生機。

我和臭魚商量了一下，決定賭上三條命，走這最後一步棋。

臭魚準備背著藤明月走，藤明月揉了揉哭得發紅的眼睛，表示自己還可以走，暫時不用別人背，並對我說我腿上的傷比較重，還是讓臭魚去背我好了。

我甚感欣慰，還好今天跟我們在一起的是個很堅強的女孩，如果她又哭又鬧，受了驚嚇就神經崩潰，那我們可就要大傷腦筋了。

不過我也不想輸給女人，這時只能頂硬上，繼續充好漢了，對他二人說道：「我也不用人背，不就是砸得腫了些嗎？就算是斷了一條腿，我來個金雞獨立，一蹦一蹦的也跳得比你們跑起來要快。」

我們正準備離開，忽然屍牆裡面傳來一陣沉悶的哀嚎聲，但是那絕不是這個世界中任何生物所能發出的聲音，整個山洞為之一震，屍牆不停地搖晃，可能隨時都會倒塌。

形勢萬分危急，三人一刻也不敢再作停留，絕對沒有任何心智正常的人想去看那屍牆後面的事物。

沿著最後的一條通道不停地往深處走去，遠遠聽得那「門」中的巨響已經停止，身後靜悄悄的再無別的動靜。

這才敢站住了腳步，停下來喘口氣，然而就在此時，我們同時見到了最不想見到的情況，三個人你看看我，我看看你，誰也不知應該如何是好。

和地圖上完全不同，在我們的面前出現的是三條岔路。

古墓下這條陰深詭祕的地道似乎沒有盡頭。

地道的岔口處比較平坦乾淨，三個人面對岔路無奈之極，只能坐下來休息，商量下一步的對策。

我從臭魚背的包裡找出剩下的半盒菸，給臭魚發了一枝，兩人一邊抽菸，一邊發愣。

這三條路口，也許只有一條是生路，其餘的兩條說不定會有什麼會作怪的紙人、幽靈一樣的列車，就算是沒有什麼危險，只要再見到像剛才那麼多的屍體，嚇也會把人活活嚇死。

人生中，隨時隨地要面臨各種各樣的選擇，有人說性格決定命運，其實所謂的性格就是對待選擇的態度，然而有些選擇是沒有正確結果的。

現在我們對面的三條路口，也許就是我們人生中最重要的選擇，如果選錯了答案，也許就是最後的選擇了。

我的腿疼得越來越厲害，開始覺得沒什麼，現在看來，很有可能傷到骨頭了。我真想乾脆放棄算了，既然這三條通道都有未知的危險，還是躺在這裡慢慢等死比較好。

不過，一想到藤明月，就放棄了這個念頭，無論如何，搏到盡吧。

臭魚對我說道：「日他大爺的，前面是三條路口，咱們又是三個人，這是不是命中注定讓咱們三個分開來各走一條？」

藤明月顯然是害怕一個人走：「什麼命中注定？主動權還是在咱們自己的手裡。咱們非要一起走，誰也不能把咱們分開。」

臭魚提議，因為我和藤明月的腿傷了，走路不方便，就先暫時留在原地休息，由臭魚先分別從三條路各向前探索一段距離。

我堅決不同意讓他獨自去冒險，但是臭魚很固執，說如果我們不同意，他也不管，扔下我們自己先往前跑。

我又考慮到藤明月的腳踝無法走太遠的路，只得答應了臭魚的要求，囑咐他快去快回，萬一遇到什麼危險，千萬不要逞能，趕緊往回跑。

臭魚走後，我坐在路邊靠著牆壁休息，腿上的傷痛不停地刺激著大腦，再加上體力的透支，使人想要昏睡過去。

在這裡睡覺實在太危險，為了讓自己保持清醒，我決定跟藤明月談談。

我問道：「那件事情……妳考慮的怎麼樣了？」

藤明月正在想著心事，聽我這麼說就好奇地問道：「啊，我考慮什麼？」

我給她做了點提示：「一百萬日圓怎麼樣？妳還沒答覆我呢。」

藤明月哭笑不得：「你黏上毛可能比猴還精，這一變成日圓，馬上就除以八了。我不要錢，我想嫁個會唱歌的人，你先唱首歌讓我聽聽，這個考試合格了，咱們再談接下來的問題。」

我心裡沒底，我根本不會唱歌，還有那麼一點點五音不全，但是為了娶媳婦，只能豁出去了，想起來當初臭魚經常唱的一首酸曲，於是厚著臉皮放聲唱道：「總想對妳表白，我對夜生活是多麼熱愛，總想對妳傾訴，我對美女是特別豪邁……」

藤明月趕緊打斷了我的抒情歌曲，笑道：「您可千萬別再唱了，別把鬼招來。」

我也覺得臉上發燒，唱得自己都覺得難聽，還好地道裡面光線昏暗，沒讓她看出來，要不然沒臉做人了。

藤明月說：「回去得給你辦個補習班，好好學學怎麼唱歌。」

我一聽她這麼說，覺得這事有門兒，心想也不知道還能不能活著出去，我先占點便宜再說，伸手一摟藤明月的腰，就要親她一下。

藤明月用手推住我：「剛還一本正經的，怎麼馬上就開始耍流氓了？」

我怒道：「不是妳在一直給我暗示嗎？怎麼我倒成流氓了？妳還人民教師呢，也太不講理了。」

藤明月都快氣哭了：「誰給你暗示了？」

我說道：「不是暗示妳幹嘛總拉我手，抱我腿，還要回去給我辦補習班！都辦上補習班了，還不算暗示？」

藤明月說：「你這理論在哪也說不過去。我對你印象不壞，不過你不能再耍流氓了，要不然我就算你剛才的音樂考試不及格。」

我討個沒趣，暗罵著死丫頭原來是泡不開的老處女。不過她最後一句話頗值得人回味啊，及格了？

想著想著竟然睡著了，朦朧間覺得身上發冷，一陣陣的陰風吹過來。

藤明月竟然主動投懷送抱，靠在我身上。

我都來不及睜眼，就先一把摟住，沒想到她竟然更進一步，主動的來吻我。

但是她嘴脣接觸我的一瞬間，我猛然感到她的嘴怎麼變得這麼冷？那簡直就是一種深不見底的陰森森的惡寒。

我睜開眼睛，看到的只是一片漆黑，悲傷怨恨的潮水無止盡地從我對面向我湧來，這種感覺我太熟悉了，和外邊那大宅中的一般不二。

我努力的讓自己鎮靜下來，狠狠推開「藤明月」，低聲喝問：「妳究竟是誰？」

黑暗中，對方一言不發，雖然看不見她的眼睛，仍然覺得從她眼中射出怨毒的目光，有如兩把匕首，插進我的心臟，不停地攪動，無邊的黑暗從心中的傷口衝了進來。

身體好似被沉重的悲傷所壓迫，一動也不能動。

只要再被她看這麼一兩分鐘，我就會徹底喪失反抗能力了。還好求生存的慾望，暫時抵擋住了黑暗的衝擊波。

稍微緩得這麼一緩，我深深地吸了一口氣，把心中的黑暗驅散，緊接著從口袋裡摸出打火機，在大腿上前後一擦，點燃了ZIPPO，我要看一看對方究竟是誰，藤明月到哪去了。

不料，ZIPPO的火焰剛剛出現，就被一股陰風吹滅。

我硬著頭皮，再一次磨擦ZIPPO的火石，火焰又被陰風吹滅，我頭皮發麻，一千多塊錢的美國原裝限定版精工工藝，獨特的防風燃料ZIPPO在這裡只不過和一根小小的火柴差不多。

反覆數次之後，乾脆連火都打不著了。

我對面的「藤明月」，仍然一動不動地在黑暗中注視著我，沒有任何的攻擊行為，也許她想要把我活活嚇死。

想到這裡，我不懼反怒，太可惡了，世界上再沒有比這樣被嚇死更恥辱的死法了。

我正在咒罵，忽地手電燈光一閃，我看得清楚，在我對面，近在咫尺的距離，面對面站著的不是藤明月，而是一個「女人」。

不對，根本沒有人，只有一襲雪白的長衣，一頭烏黑的長髮，臉……沒有，手……沒有，腳……也沒有，身體有沒有看不到，因為穿著衣服，取而代之這些部位的……是濃重的黑霧。

最醒目的，是她脖子上繫的一條紅色的絲巾，白衣如雪，巾紅勝血，再加上如黑瀑般的長髮，三色分明，更襯托得鬼氣森森。

我隨即想到了，藤明月在水晶中看到的啟示，阿豪看到了隧道中的火車燈，結果死在了裡面。藤明月看到的啟示是紅色絲巾和懸在空中的銅棺，會不會在我睡覺的時候已經遭到不測了？

不過臭魚看到的黑貓，他為什麼能把黑貓殺死，自己毫髮無傷？難道那啟示，不代表死亡？

我思緒混亂，竟然忘了害怕，突然地面一陣劇烈的晃動，陣陣哀嚎從遠處傳來，好像那個「門」中的怪物又開始嚎叫，想衝破屍牆而出。

這時覺得腰間一緊，被一隻有力的大手夾在腋下，原來是臭魚探路回來，用手電一照，見情況危急，於是不及多想，把我大頭朝下，夾起來就跑。在顛簸起伏中，我用力仰起頭，去看那個白色的身影，她還停在原地，一動也不動，身上的黑霧正逐漸消散在空氣中。

臭魚倒夾著我，一路狂奔，我感覺轉了一百八十度之後，地勢轉而向上，越奔越高，黑暗中憑直覺判斷方位，似乎是有條路，通向「門」所在的山洞上方。

大山洞中傳來的呼嚎聲也逐漸減弱，終於又歸於平靜。

最後終於停在一個石門前，臭魚這一番又是用力過猛，坐在地上喘氣，從包裡拿出水壺，幾口就喝個精光，方才能開口說話：「日你大爺的，剛才真危險，我再晚回去半分鐘，你就被那女鬼強姦了。」

我問臭魚：「這是什麼地方？藤明月呢？」

臭魚說：「我也不清楚，那三條路我走了兩條，都是死路，好像剛挖了一半，我還沒來得及看最左邊的通道，就聽見後邊有令人寒毛倒豎的慘叫聲，我放心不下你們，趕回來看，見到情況緊急，就抱著你從一直沒走過的左側地道逃命，藤明月在哪兒我沒看見。還好這條最後的地道不是死路，繞了一個大彎後就逐漸向上，現在咱們的位置大約是在之前大山洞的上方。這有個石門，咱們歇歇就進去。」

我心中明白藤明月多半已不在了，就算暫時沒死，她腳上有傷，在這個如同迷宮般詭異的山洞中，恐怕也無法生存。但是無法接受這個現實，暗地裡期盼著她能僥倖活下來。

臭魚倒在地上抽菸喘息，回復體力，我坐在一旁，想起阿豪和藤明月，心如刀絞，暗暗痛恨自己對朋友的死無能為力。

忽然發覺在石門裡有滴水的聲音傳出，這滴水聲不知從何時開始出現，我們剛才逃得慌忙，沒有留意，現在在這寂靜的地道中，這聲音格外地清晰。

臭魚也感覺到了，爬起身來，和我一起用力推開了石門。那石門也不甚厚重，而且開闔的次數多了，磨出好大的縫隙，稍微一用力就應聲而開。

我往裡面看了第一眼，心中就是一片冰涼，只有一個念頭：「罷了，藤明月必死無疑了。」

石門中是個不太大的石屋，大約一百平米見方，高四米有餘，對面另有一扇石門似乎是出口。中間吊著一副琉璃盞，中間燃燒著不知是什麼的燃料，配合四壁上的八盞風燈，把屋中照得燈火通明。

屋中別無他物，在中央的位置上，八個造型古樸雄渾的蒼然銅人像，都有真人大小，聚攏成一圈，皆呈跪姿，共同抬著一具造型奇特的銅製棺槨。

那銅棺和銅人，都長了綠色的銅斑，看來少說也有千年歷史。棺下有個小孔，從中一滴一滴地流出鮮血，血剛好滴在地面上的一個玉石凹孔之中，那凹孔深不見底，不知通向何處。

這銅棺多半就是藤明月所見到的死亡啟示中的影像，不過不管她是生是死，我都務必要親眼看到。於是和臭魚二人打開銅棺的蓋子。

我們見了裡面的景象，都眼前一黑，險些暈倒，實在是太慘了。

一個女人的屍體端端正正地擺在棺中，棺底有數十枚精鋼尖刺，其工藝之複雜精巧，在現代社會也極其罕見，這些針刺分別插進了那女人全身各處的血脈中，想必那些鋼刺中空，在液壓的作用下，逐漸把人血放盡，所以棺材下面才會不停地滴血。

而且人死之後血液凝固，如果想把血全部放出，必須是把活人……我不敢再往下想了。

更讓我跟臭魚想不到的是，棺中的女屍竟然會是陸雅楠。

陸雅楠從藥鋪裡出去後，便失了蹤，後來阿豪發現外面的斷手斷腿，便猜測她遭逢了不幸。後來在那石窒裡，藤明月再次確認了一具屍體的軀幹正是陸雅楠的，至此，我們都確定她已經遇難。現在，看到陸雅楠的屍體，對於她的死，我們當然是再無疑慮。可是，這裡面卻存在一個問題。陸雅楠的屍體明明已經被大卸八塊了，現在又怎麼會好端端地出現在這棺材裡？

可想想這也不算奇怪，我們今晚的奇遇實在太多，任何不可能發生的事，在這個鬼地方都可能成為現實。

我強忍悲痛，想把陸雅楠的屍體從棺中抬出來。陸雅楠的身子輕飄飄的，想必是因為全身的血都已經被放光。想到此處，我不由得從骨髓裡感到寒冷，全身都在顫抖，究竟是誰如此殘忍？

肯定是那個穿白衣的長髮惡鬼，要不把她碎屍萬段，我如何能出心中這股怨氣！

我拔出刀來，雙眼血紅，惡狠狠地揮刀在空中劈刺，腦中只有一個念頭：「報仇」

此時，反倒是臭魚比較冷靜，勸我道：「要是金甲紙人那種怪物，咱們自是不必怕她，可如果她真是鬼魂，有形無質，咱們怎麼殺她？」

我忽然想起一事，說道：「有了，你還記得在藏書樓裡，看到驢頭山人所記載的捉鬼術嗎？有生米就行，可惜咱們沒來得及多看幾條，不過這就足夠了，村子裡的米都發霉了，咱們先想辦法回藥鋪取米，然後再回來收拾這驢操狗日的死鬼！」

臭魚大喜：「太好了，本老爺手都癢了，今天一直受他們欺負，日他大爺的不曾發市，既然知道了他們的弱點，如果還不能給阿豪、藤明月他們報仇，我誓不為人！」

眼淚，已經流得太多，復仇的火焰壓倒心中的苦痛，人如果有了目標，也就有了行動的方向，我們打定主意，今天就算把自己的命搭上，也要給把那些未知的敵人捎上幾個墊背。

後面唯一的一條路，被那穿白衣的亡靈封鎖，我們眼前唯一可以走的是對面的石門，不管怎麼樣，先從石門出去，再見機行事，找路徑返回藥鋪取米。

最後的門打開了，前面又有什麼危險等待著我和臭魚？

長長的地道曲折而漫長，像是被命運之手所指引，我們終於來到了盡頭。

最後的一段地道越走越窄，僅僅可以容一個人通過，如果身材稍微高了一些，就必須彎著腰前進。

在盡頭，有一段很矮的木梯，爬上去就是出口。那個出口被一塊木板蓋住，我用手一推沒有推動，換臭魚上去，使出蠻力，硬生生地把那木板推破，發現是在一張大床的下面。

我們前後腳地爬出來，一看四周，二人盡皆喜出望外。

原來所處的位置，正是藥鋪後地道中的石室床下，初次來時比較匆忙，沒有發現床下別有洞天。

臭魚發起飆來說道：「阿豪這個爛好人，要依了我，早把這屋裡的骨灰罐子砸得粉碎了。我看這地方根本就沒好人，個個都該千刀萬剮！」

我也被仇恨沖昏了頭腦，不等臭魚出手，拿起擺在桌上的小骨灰罈，狠狠砸碎在牆上。

隨著骨灰罈的破碎，門外忽然響起一個小孩哇哇大哭的聲音，片刻後，一個小男孩抹著眼淚跑進來，對著我們連聲怪叫。我們定睛看去，這小孩正是藥鋪陳老頭的孫子。

我們砸破骨灰罈，這小男孩便立刻衝將進來，我們便認定了他是一個小鬼。

我們現在手中無米，不敢跟那小鬼放對，二人一齊吶喊，破門而出，從外邊的地道跑向藥鋪。

等到得藥鋪廚房的時候，二人已是汗流浹背，氣喘如牛了，我發現腿上的傷也不疼了，想必是因為心中太過於激動，精神已經凌駕於肉體之上了。

那小鬼哇哇大哭著，隨後跟進了廚房，臭魚一腳踢開米缸上的蓋子，兩手輪流抓了大米猛向小鬼抛撒。

這招果然是有奇效，米粒擊中小鬼的身體，那小孩疼得又哭又叫，轉身要逃。

我眼都紅了，豈能容他逃走，用衣服兜住一大把米，在小鬼周圍畫了一個米圈。

我哈哈狂笑，對臭魚說道：「老于，別太急了，慢慢折磨這小崽子，今天先拿他祭一祭咱們的朋友。」

臭魚見困住了小鬼，也不再大把地撒米，一點一點地慢慢用米粒投他。小鬼倒在地上，形狀越來越虛，眼看就要魂飛魄散。

便在此時，廚房門口一個老邁的聲音叫道：「二位壯士，快快住手，且聽老朽說一言。」

我回頭一看，說話的正是藥鋪掌櫃的陳老頭。

我大罵：「你這老豬狗，最是可恨，老于，別跟他廢話，抄傢伙上！」

臭魚打得性起，本就不想說話，抄起一大把米向陳老頭撒去。

沒想到，打在他身上之後，竟然全無反應。

陳老忙說：「二位爺，二位好漢，老朽是人，不是鬼怪，且住手容老朽解釋，之後是殺是留，悉聽尊便。」

我見事情奇怪，但是仍不放心，我為防陳老頭動手發難，把短刀拔了出來，恐嚇他道：「老雜毛，要是敢輕舉妄動，我先給你來個三刀六洞。」

陳老看了看他孫子，說道：「二位爺，能不能先放過我孫子，他雖然是鬼，卻沒做過什麼壞事，我再不救他，他就要魂飛魄散了。」

臭魚說道：「你先把今天晚上的事說明白了，說清楚了還則罷了，說不清楚，別說你孫子，老爺我讓你這老兒也一起魂飛魄散！」

陳老無奈，只有先行解釋。

於是他也開始跟我們講述一個故事……

門

隋末唐初，天下出了一位奇人，不知其來歷姓氏，只因生就一副異相，容貌醜陋無比，破袍無履，脫略行跡，其頭骨形狀似驢，故自號驢頭山人。

只因其德高望重，世人不敢直呼驢頭，皆稱其為山人，或曰綠仙，以避忌諱。也有傳聞綠仙乃是當世一位劍仙胯下騎乘的青驢所化，然而這些傳說不足為憑。

綠仙有無字天書三卷，修仙悟道，遊歷神州大地，可以呼風喚雨，驅神役鬼，到處降妖除魔，仙名播於天下。

貞觀八年某日，綠仙參道於青石洞，弟子稟報有一貴人求見。綠仙將客迎進道觀相見，來者非是旁人，乃是海內第一人的名將李靖。

李靖扶佐唐王，南征北戰，卻又為何得閒到此？

賓主敘禮已畢，說明來意，這才引出一場除魔大戰，有分教：欲做降妖除魔事，須請通天徹地人。

原來李靖率軍迎擊土谷渾，在積石山一場惡戰，殺得敵軍屍橫遍野，一舉擊潰其主力，並擊殺土谷渾可汗。

剩餘殘敵退入一條山谷，唐軍分精兵五千，繞至谷後，主力則在前，形成前後夾擊之勢。

鼓聲大起，唐軍主力蔽野而至，從正面攻入山谷，然而出乎意料之外，竟然未遇任何抵抗，谷中的敵軍全部不知去向。

派出紅旗探馬去聯絡山谷後面夾擊的五千唐軍。結果連出六騎，盡皆有去無回。主帥大驚，要知道，當時大唐帝國的軍隊，橫掃中原平定四方，就連當世軍事實力最強的突厥都被唐軍打得落花流水，連頡利可汗都被生擒。

這剩下的幾千吐谷渾殘兵敗將如何能夠在眼皮子底逃脫？而那五千精銳竟然會被這些不堪一擊的吐谷渾潰兵消滅得一個不剩？

谷後是一片平野，無遮無攔，敵人不可能逃得如此無影無蹤。李靖親自率眾搜索，沒找到敵軍及失蹤的唐軍，卻在山谷後面的谷口處的一個大坑中，找到一隻奇怪的「蟲子」。

這蟲有成年牛馬大小，其外皮堅硬似鐵，水火不能侵，全身火紅，之所以說牠是蟲，因為牠雖然體態巨大，但是長得便恰似是尋常的毛蟲一樣，只是無頭無嘴，趴在地上全身一起一伏的似乎是在酣睡，用刀劍戳之，牠毫無反應。

李靖大奇，見這巨蟲形狀奇怪，便準備帶回去獻給太宗皇帝。吐谷渾殘餘兵馬雖然未能全滅，又折了五千精銳，但是仍然堪稱大勝，遂班師還朝。

途中行至一處郡縣，大軍紮營，當地太守宴請軍中將佐，李靖率各部將領進城赴宴。宴散之後回到營地，眾將本已大醉，此時全被嚇得酒意全無，數萬軍兵駐紮的大營，憑空消失了，就連馬匹帳篷，刀槍器械，包括營地後面的一座土山，也都無影無蹤。

在原地上只有一個大得嚇人的大坑，直徑足有十餘里，圓整光滑，就像是把西瓜切成兩半，用勺子把瓜心一下子挖掉那樣。

巨坑的中心一隻大蟲子正在睡覺。李靖明白了，自己的軍隊，都讓這蟲子給吃了。如果此害不除，讓牠這麼吃下去，早晚有一天，大唐的江山子民早晚都要變成牠肚中的糞便。

然而此蟲水火刀劍皆不能傷，如何殺掉，委實困難，最後只好求助於青石山紫煙觀的綠仙。

綠仙見此事重大，自然不肯推辭，遍閱典籍，終於查出了這巨蟲的來歷。

夫宇宙者，天地四方為宇，古往今來為宙，宇是空間，宙是時間，宇宙就是由時間和空間所組成的。在一個宇宙之外又有無窮數量的其餘宇宙存在，其中的縫隙，則全部是一片虛無混亂的混沌存在。

在太古神話時代，本沒有現在咱們所在的宇宙天地，只有一片混沌，有個巨人盤古睡於混沌之中，夢醒後開天闢地，力盡而死，血液化成了江河湖海，身體化為了大地山脈，他的靈魂不滅，這才又有金木水火土五位古神誕生於天地之間，其後又有女媧氏造人。

然而在混沌中誕生盤古氏之前，又先有一隻以時間與空間為食的蟲子，爬進了誕生盤古氏的這片混沌之中，產了幾枚蟲卵，隨後不知去向。

這雖是神話傳說，也許天地的形成並非如此，但是這幾枚比上古神話中的眾神還要早無數年就誕生的蟲卵，卻真有其物。

在古印度的經文中記載，此蟲名為「波比琉阪」，譯成中文，意思就是「門」。

「門」的卵存在於世界之中，慢慢地孵化了億萬年，蟲卵在古印度曾經出現過兩枚，被燃燈古佛以無邊佛法並大慈悲力剷除，讓其不能孵化為蟲。

因為這種蟲太可怕了，「門」孵化為蟲之後，平時一直睡覺，在睡眠中偶爾會吃掉附近的小塊空間，每隔十幾二十年就會醒來，直到把所在的世界全部吃成黑洞，才爬向混沌之中去產卵然後繼續吞噬下一個宇宙。「門」就是依靠吃能量為食。

宇宙，本身就是一種能量，空間的穩定能量造就了時間，時間是一種動態能量，不停前進的時間又提供動力，維持著空間的穩定，這就是所謂的陰與陽，靜與動。

李靖所抓到的「門」就是一隻剛從卵中孵化出來的幼蟲，也是天下唯一一隻的蟲體，很不幸，這倒霉事被衛國公和綠仙遇到了，他們面對的是一件想都沒想過的大難題。

雖然說世間萬事萬物都離不開陰陽兩極，比如有夜晚，就有白天，有男人，就有女人。但是這種陰陽在某種程度上是不相等的能量，只有這樣才能形成平衡，比如咱們所在的世界，就是以陽這種能量為主。

所有的食物鏈的最末端，都是依靠光合作用的植物。這就說明在咱們的世界中陽在明，陰在暗。陽為主，陰為輔。

「門」的口中，也就是門後，並不是牠的肚子，而是連接另一個宇宙的通道，所以稱其為「門」是十分合適的。

而在「門」後的異界，不同於咱們的世界，是一個陰為主導能量的時空。即使是燃燈古佛、太古眾神復出，恐怕對那個異界的認知程度也為零。

綠仙請衛國公李靖先回長安，自己駕起一片七彩祥雲，將「門」放在半空，以防牠在夢中繼續傷人，隨即閉關參詳對策。

三日後，綠仙帶同門下弟子並各弟子家眷，離開了青石山紫煙觀，擇一僻靜無人煙的山谷聚眾而居，這個地方，四面環山，被森林圍繞，與世隔絕。

綠仙決定以自己的元神進入「門」的口中，拚上自己的元神散滅，爭取和「門」同歸於盡，以在「門」甦醒之前，拯救天下蒼生的性命。

但是自己法力雖高，進入「門」中能否成功消滅牠，實在殊難預料。於是安排下種種後著，命令門人從此不可出谷，只在此間隱居，其後歷任族長，都要以剷除「門」害為首要重任。

隨即造一巨墳，將「門」封印在墓室下的一個巨大山洞中，自己則在墓室中坐化。元神進入了「門」中。

因為綠仙是修行成仙的金身，元神雖已不在，肉身數百年不朽，直至民國年間，才逐漸腐爛。門人怕有朝一日師傅回來沒有肉身，就未將其屍骨入棺裝殮，一直擺在墓室的石床上。

然而綠仙金身進入「門」後，一直沒有動靜，「門」安安靜靜地睡覺，直到二十幾年之後的一天夜晚，天地變色，時空扭曲，「門」死了。

綠仙門人無不大喜，跪拜先師遺體，祝賀滅「門」成功。

但是，事情往往都會向人們期望相反的方向發展，「門」雖然死了，牠的亡靈卻甦醒了過來，而且比有肉體的蟲身更加狂暴，也更有破壞性。

好在，第二任族長，也是才智卓絕之士，也準備以元神出竅的形式去鎮住門的亡魂，但是他的修為遠不及綠仙，能鎮住多久，沒有任何把握。

第二任族長憑借超凡的才智，想出了一個無奈之舉，他命門人弟子，在他死後，立即從門中選出一個剛出生的女嬰立為聖女，從小在她身上刺上咒文，族中職位最高的長老做為她的師傅，讓她住在全村最大的宅院裡，督導其背誦百萬字的咒文，並教授捨身取義拯救天下眾生的意義。

聖女從小到大過著於世隔絕的生活，潛心修煉，只等「門」的亡靈出現異動，就進行「放神」儀式。

因為聖女的法力還不足以元神出竅，而死後靈魂也會失去很多法力，所以必須進行「放神」儀式，這種儀式就是把聖女活著裝入銅棺，用刻有咒文的鋼刺慢慢放血，靈魂隨著鮮血流入下面的「門」中，使其靈魂能安撫門的哀傷，每次可以維持十幾或者二十幾年不等。每個聖女死後，肉身也不會腐爛，被鋼刺刺在身上的窟窿，會有黑霧冒出，沒人理解，為什麼會有黑霧出現，可能是因為她們的痛苦所產生的。

聖女的遺體如同喪屍，無知無識，只懂得飢餓，但是族中人等不忍將這些喪屍焚燬，就把她們扔在墓室後第一間山洞的石橋下面。

大唐天子後來得知此事，心中不忍，於是為聖女立石像、石碑，以表彰其德行。

此後千年易過，族人遵從綠仙遺訓，無不以謀畫關「門」之策為畢生大任，然而在想出對策之前，就要不停地把無辜聖女的靈魂填進「門」的亡靈之中。

直到公元一九八〇年出現了一場大的劫難，在這最後一次儀式中，不知道出了什麼差錯，在凌晨兩點，「門」發生了有史以來最大的震動，誰也不知裡面究竟發生了什麼，最後一位聖女的亡魂又從「門」中爬了出來，帶著強烈的怨念，變成了惡鬼，族中會法術者雖眾多，但是道高一尺，魔高一丈，誰也拿她沒有辦法。

一夜之間，她把全村老少男女、雞鴨豬狗全扔進了「門」的亡靈口中。

得以倖免的只有兩條生命，一隻她生前養的黑貓，另一個就是她的爺爺陳老頭，其實還有她的弟弟，也就是陳老的孫子，不過，雖然他姐姐沒殺他，但是他見到了如此可怕的事，被活活嚇死了。

只因陳老的孫子死在了村中，他才會有亡靈，然而那些被扔進去的人，連鬼都沒得做了。

陳老因為有事外出得以倖免，回來後惡鬼的怨氣似乎已經消除了一些，把自己關在大宅中，再也沒有出來過。

陳老頭也學過很多祖傳的法術，在經樓中翻閱歷代前輩留下的筆記，找到了一個應急的法子。

因為「門」後的異界，是一種以陰為主導能量的時空，所以不能讓牠沾染陽氣，因為異性磁場相互吸引，比如陽光、不修行的男人這一類的事物，只會讓「門」更加活躍。為了讓「門」平靜，只能用相斥的陰來壓制它。

首先在村子周圍布置了一個結界，不分日夜，不停地下雨。

另外還用咒文驅使夜叉殺死誤入村中的女人，把屍體砌成牆，用女性屍牆的陰氣封堵「門」的活動，但是這也不外乎是飲鴆止渴之計。

「門」的震動越來越強烈，所需要的屍體也越來越多，當然陳老頭不會亂殺無辜。族中祖傳有一樣異寶——孽石。用孽石可以照凡人因果，以及人類本性的醜惡，只有照出一片黑氣的，才會讓夜叉鬼撕斷她的四肢，把她砌在屍牆中。好在她們在死後才被做成牆，靈魂免去了進入異界之苦。

「門」的活躍越來越頻繁猛烈，由於受到異界的侵蝕，在村子周圍出現了一個時空扭曲的漩渦，時空的扭曲範圍是整個村莊，每天晚上兩點，時間都會停止運行，短則十幾個小時，長達數百個小時。而最強烈的時間、空間扭曲的地點，是村子的邊緣一圈很窄的地帶。

舉個例子來講，阿豪死亡的山洞就是個時空的亂流，所以會在本來沒有鐵軌的山洞中遇到火車，如果在時空的亂流中死亡，靈魂會則進入「門」嘴中的異界。

對門的壓制，千年來犧牲了幾百名聖女，聖女們存留在遺骸中的痛苦，變成了一股黑霧，人們稱其為「聖女的嘆息」。在八〇年開始，又有數千女人被砌成了屍牆。剛開始抓誤入村中的女人，到後來，數量根本達不到需要的程度，只好去村外抓。

只有一個前提，用來做屍磚蓋牆的女人，她的靈魂必須是邪惡的。

唯一能判斷人性善惡的寶器，是一面稱為孽石的水晶，傳說它是由神憐憫人類的眼淚所化。

每個人的對靈力的感應程度不同，在鏡中看到的啟示詳細程度也不相同。心靈陰暗的人，會在鏡中發射出黑暗的氣息，生命力頑強的人會出現光芒，這種有光芒的人只占萬分之一。

臭魚等四個人所看到的影像，並不是死亡，而是因果的啟示。不過孽石在八〇年大災禍的時候遭到破壞，看到的信息並不完整。而且即使是完整的信息，也無法避免命運的安排。

然而每個人看到的內容不同，包含的信息也各異，其內都暗含禪機，只能自行參悟。除了陸雅楠之外，其餘四人並非奸惡之徒，陸雅楠究竟哪裡邪惡，無從得知，因為她已經死了。

陳老頭想等凌晨兩點之後，想辦法放四個人出去，可是就在此時「門」發生了強烈的震動，屍牆隨時可能會塌，於是陳老頭就去墓中查看。

沒想到這四個人一通折騰，搞得天翻地覆，連眠經樓都被一把火燒了，歷代先人的筆記經卷全部付之一炬，不過這也是運數使然，並不是個別人的責任。

最壞的情況已經出現了，阿豪、藤明月死掉了，阿豪是因為時空的亂流，陳老頭不知道藤明月是怎麼死的，有可能是聖女的惡靈所為。另外還活著的兩個人，也在孽石中看到了「果」，這種啟示，在死亡即將來臨之際才能見到果，不過也未必是死亡，總之是路走到了盡頭的人和沒有未來的人才能看到。更不幸的是「門」隨時會開啟，族中的人都死個精光，再沒有可以填進去的聖女了。

村中雖然還有一位聖女的靈魂，不過已經被邪惡和怨念侵蝕，她的靈魂即使進入門，也沒有任何意義了。

我和臭魚聽得一片茫然，事情太過複雜，憑我們倆的大腦，暫時還理解不了。

不過有一點可以確定，陳老頭應該不是壞人。

於是我們就讓陳老頭去救治他的孫子，我對剛才的所作所為，感到十分地慚愧，十分地抱歉，十分地不知道說什麼好。

我想問問陳老，我和臭魚能做些什麼，我們既然命中注定今晚難免一死，是不是可以死得有點價值？

陳老搖頭說道：「二位爺雖然命硬，終究是凡人，對門無能為力，咱們現在誰都沒有辦法，只能坐下來等死了，想不到這世界的最後時刻就在今夜。」

忽然廚房的門被打開，飄進來一個身穿白衣的亡靈，披頭散髮，正是那個在谷底抓住臭魚腳脖子的乾屍女鬼。她身上的黑霧已經消失了，形容憔悴，而且我感到她已經沒有了那股強烈的怨念，那種讓人一看就忍不住想死、想哭的哀傷，取而代之的是一片明鏡止水般的氣息。

她的臉上蓋著一塊紅色絲巾，只露出似水的雙眼，開口說道：「這個世界雖然充滿悲哀與殘酷，不過並沒有走到盡頭，還有唯一的一次機會。」

我跟臭魚一見她，立刻跳開三尺，拉開了架勢，嘴裡發出「呵呵」的聲音，只待她放馬過來。豈料這女鬼低頭呆立當場，竟然一動不動。

陳老頭趕忙上前一步，橫在我們與那女鬼中間，顫聲道：「二位不要緊張，她就是我剛才提到的村中最後一位聖女。」

臭魚叫：「她明明就是個女鬼，適才還差點要了我的命。」

我也叫：「就算是聖女，幹嘛沒事裝成鬼樣嚇唬人。」

陳老頭賠著笑，已經沒有了一點剛來時的冷漠。他點頭哈腰地道：「兩位不要動怒，我願意送幾件古物給你們帶走，算是賠罪。」

臭魚怒道：「今夜就是世界末日了，我們還要你那勞什子古物有個屁用。我日你大爺的，還是先把這女鬼斃了，先過把癮。」

我攔住作勢欲撲的臭魚。這小子知道那女子是人非鬼，膽氣自然大壯，這時候，滿腔的怨憤和怒氣，都要發洩在那女子身上。

那女子這時抬起頭，輕輕分開遮住臉龐的頭髮，露出的面孔居然還頗有幾分姿色。女子垂淚道：「兩位大哥，可否願意聽我的故事？」

臭魚大罵：「我日你大爺的，合著我們到這兒來，是開故事會來了。」

我卻衝著那女子點頭：「成，我們就給妳個機會，如果今夜真是世界末日，那我們大家反正都是活不了了。既然能死在一塊兒，也算是有緣。」

女子點頭向我施禮，算是表示感謝，然後，開始跟我們說起另一個故事。

祭品

青窈是個孤兒，從小和爺爺一起長大，她還有個弟弟。

她不是一生下來就被立為聖女的，聖女的候選人在族中都是各大長老的血親，是一種至高無上的榮耀，尋常的族人想都沒想過會被選中做聖女。

但是，當時被選定為聖女的嬰兒夭折了，一時找不到合適的人選，只好從普通族人中挑選，最後選中了六歲的青窈。

從此以後，她不得不和爺爺、弟弟分開，一個人住進了古墓邊的大宅，除了每天上眠經樓看書之外，再也沒有去其餘任何地方的自由。

由於她被選為聖女時的年齡已經有六歲，時間緊迫，有更多的事要進行準備。

青窈從小就很善良聰明，她有一種責任感，她雖然不知道天下蒼生是些什麼，但即使是只為了村中的親人夥伴，自己的犧牲也是值得的。

日復一日的努力背誦冗長的咒語，每天晚上被毒針在身上紋刺符籙，直到她十八歲的時候，一切都在有條不紊地進行中，只要門出現異動，隨時都可以進行放神儀式。

青窈早已心如止水，對這個單調而乏味的世界沒有任何留戀，她希望儀式的日期早一點到來，她會做為聖女壯烈地犧牲自己。

在某天清晨，她一如既往地去眠經樓看書，發現有一個外來的年輕人在和族長大吵大鬧。

青窈好奇地在二樓注視著這一切，她從來沒見過世界上有人吵架，說話這麼大聲。

那個年輕人的要求沒有得到允許，族人把他趕出了村子。

第二天青窈在二樓發現，那個年輕人又溜了回來，拿著個本子在偷偷摸摸地記錄墓前石碑的文字。

書樓、古墓、聖宅這一地區，只有族長和聖女可以進出，其餘的族人要先得到准許，否則任何人不准進入禁地。

這個年輕人是誰？膽子很大。青窈沒有管他，只是靜靜地看著他的一舉一動。整整一天，沒有心思讀經書。

連續兩天那個年輕人都來，最後一天他看見了在樓上注視他的青窈，年輕人在樓下和她講話。

這個年輕人是美籍華人，來中國研究時空隧道，他發現了這個與世隔絕的村莊，被這裡的神祕深深吸引，他經常笑，村裡幾乎沒人會笑，青窈不明白他為什麼喜歡笑，他還對青窈講了很多新奇的事情，什麼電視機啊，音樂、輪船、航天飛機、貓王之類的，全是青窈連想都想像不到的事物。

轉天，年輕人又來找青窈，送給她兩樣禮物，一條紅色的絲巾，他說這和她的白衣服、黑頭髮很相配，還有一隻剛出生不久的小貓。

青窈很喜歡這兩樣禮物，她忘了聖女的心是不允許有波動的，她已經愛上了這個年輕人，此刻她喪失了成為聖女的資格。

當天夜裡，「門」猛烈地震動，牠的亡魂又活躍了起來，方圓數十里，都可以聽到牠悲慘的哀嚎。

放神的儀式必須在當天夜裡舉行，然而族長發現了最可怕的事，聖女的心失去了神聖的平靜狀態。大怒之下，族長帶人暗中殺了這個年輕人，並把他的靈魂毀滅。

青窈並不知道此事，她雖然喜歡那個年輕人，但是她不會留戀這個世界，她明白自己有必須要做的事。

沐浴更衣之後，青窈靜坐在室中，靜靜地等候晚上的犧牲。

這時她腦海中出現了一個全身是血的身影，是那個人……

儀式必須舉行，下一任聖女年紀太小，達不到要求。即使青窈的靈魂不合格，也要冒險試一下。

可是青窈還有最後的心願，就是再看一眼那個人，她帶著怨恨、思念、悔恨、痛苦的心情被活活裝進了銅棺，她的心被黑暗籠罩了。

她的靈魂沒有進入門內的異界，執念和怨恨把她留在了門與異界之間，說簡單點就是門框中間。「門」這隻大蟲子對於死亡的悲傷與恐懼給了青窈無邊的能量。

世上一分鐘，門內如萬年，青窈原本聖潔的心，變成了狂暴的惡靈。在「門」的震動下，這個復仇的惡鬼又爬了回來。

一番殺戮之後，她心中善良的那部分和黑暗的部分達到了平衡，互相制約，每天都在痛苦的鬥爭。所以她把自己留在聖宅中。

直到有一天，她見到幾個人進入了村莊，其中一個人就是當年她所愛的年輕人。她心中的黑暗也開始逐漸消失，她在後邊悄悄地跟著他們，直到她看見她所愛的人對另一個女人動手動腳。

嫉妒的負面能量，再一次讓黑暗遮蔽的她的心，她把那個女人扔進了銅棺，讓她的靈魂隨著鮮血流入異界。

像。

　　隨後她吻了那個她愛著的人，但是那一瞬間，她發現他們不是一個人，只是長得太像。

　　此時，青窈終於覺悟了，她的靈魂得到了淨化，黑暗的負面能量完全消失。她對自己在黑暗控制下的所作所為感到難過，決定重新讓自己的靈魂進入「門」，換取這世界二十年的平安。

　　故事講完，我們當然已經知道了故事裡的青窈就是面前這個女人。她的身世也委實可憐，沒法跟自己相愛的人長相廝守。但是，她的故事也告訴我們，藤明月已經死了，而且是被她殺死的。可不知為什麼，我對她卻恨不起來，心中只是感到她太可憐了。藤明月也太可憐，這個世界上的每一個人都太可憐了。

　　臭魚也掉下幾滴眼淚，連說：「日他大爺的，太不講人道主義了，誰規定非要用少數人換取多數人的生存？」

　　青窈和陳老頭商量了一下使靈魂回到門中的步驟，事不宜遲，必須馬上進行，屍牆已經壓制不住門的亡靈了，只要時間一開始運轉，牠很可能就會破牆而出。

陳老對我們說：「二位爺，如果想留下也可以，不過你們幫不上什麼忙，而且留下來是死路一條，現在整個村子都被異界侵蝕，青窈的靈魂回到異界之後，雖然會平息門的哀傷，但是整個結界之內的範圍，也都會被捲進去。」

我問陳老：「如果是這樣，那隔二十幾年之後，門再一次震動，怎麼辦？」

陳老說道：「我們一族，已經盡力了，二十年後的事，就留給那個時代的人去想辦法吧。」

臭魚問道：「那我們怎麼樣才能離開？四周都是時空的亂流，根本出不去。」

陳老說了一個方法：「從現實世界肯定是出不去了，不過你們二位在孽石的影像中都有白色光芒的啟示，說明你們二人的生命力很強，有條路可以冒險一試，不過如果失敗了，就會魂飛魄散，肉體毀滅，靈魂消失。

「這條路就是以肉身的形態從陰間出去，走黃泉之途，再從陰間回到現實世界，這樣就能避開時空的亂流。其方法是，在藥鋪旁邊有棵柳樹，柳樹下有一口井，我用兩條紅線，綁在樹上，另一端綁在你們腳上，這條線可以無限延長，而且人的亡魂是看不見的，你們自己卻可以看見。

「那口井，便是通往陰間之路。柳樹性最陰，你們繞著柳樹順時針轉三圈，再逆時針轉三圈，跳到那口井裡，就會到達陰間。

「然後你們到枉死城中的一個地方，找到另一棵柳樹，逆時針轉三圈，再順時針轉三圈，就能回到現實世界，也就是能抵達在我們村子結界的外邊。為了以策萬全，你們每個人胸前背後在衣服裡都掛上銅鏡，銅鏡可以照出亡靈死亡時的情形，餓鬼一見之下，就會被自己死時的樣子嚇得魂飛魄散。

「務必注意的是，你們必須要趕在下一個兩點之前離開陰間，否則離開時仍會捲入失控的時間漩渦中。也就是說你們有十二個小時的時間。」

臭魚大叫：「你讓我們往井裡跳！萬一你搞錯了，那口井真的是口井，我們倆的小命，豈不是就交代到你手裡了？」

陳老頭苦笑：「難道我還會害二位爺嗎？如果沒有十足的把握，我又豈敢貿然提出這樣的方法。」

我連連搖頭道：「這陰間陽間的事情，我們雖然都不陌生，可要說相信真有這回事，一下子腦子還真轉不過這個彎來。我們都到陰間了，還能回來嗎？」

的。」

陳老頭解釋道：「放心好了，繫在你們腳上的紅繩，一定會帶你們找到陰間那棵柳樹

我跟臭魚還是搖頭，往井裡跳，這肯定是腦袋缺水的人才肯幹的事。

陳老頭道：「如果我這方法二位不答應，當然也行。只是讓你們陪著我們一塊兒去死，老朽真有點於心不忍。」

臭魚伸頭看看外面的天，仍然大雨不止，真是山雨欲來風滿樓，頗有大廈將傾世界滅亡的感覺。我們倆互相看了看，都有些猶豫。臭魚把我拉到一邊，低聲道：「這事咋辦？咱哥倆跳還是不跳？」

我也拿不定主意，目光在陳老頭身上轉了一圈後，落到那個叫青窈的聖女身上。青窈眉目低垂，恰好這時抬頭看我，目光相視，我從對方的眼光裡看到些殷殷的期盼。

我咬咬牙，跺跺腳，狠聲道：「留在這裡死路一條，豁出去了，跳。」

臭魚也發狠：「我日他大爺，死哪兒都是死，哥倆死前先去逛逛陰間，也算值了。」

當下，我跟臭魚倆人表明了態度，陳老頭也吁了口氣，好像終於放下了心頭的一塊大石。接下來，陳老頭前頭領路，我們跟在後面，出了藥鋪，也不顧頭上大雨傾盆，直奔藥

鋪不遠處的一棵柳樹而去。

柳樹年輪久遠，樹幹粗得一個人都抱不過來。樹下果然有口井，向下看去，黑乎乎的，啥也看不見。陳老頭領我們到此，彎腰將兩根紅繩繫到樹下，另一端再繫到我們腳上。

到這時，陳老頭跟我們告別，我們也不忍去看青窈的靈魂進入門中的慘事，於是，便跟陳老頭及青窈揮手作別。眼看著陳老頭跟青窈的背影沒入雨中，轉回到藥鋪裡面。我跟臭魚面面相覷，半天誰都沒吱聲。

還是臭魚忍不住，苦著臉道：「我們真就這麼跳了？我怎麼覺得有點 得慌。」

我抹一把臉上的雨水，探頭往井裡看，道：「貞子不會就在這口井裡等著咱們哥倆吧？就算沒有貞子，這通往陰間的路上，大鬼小鬼肯定少不了。」

臭魚道：「那咱們跳還是不跳？」

我說：「跳，幹嘛不跳，大不了二十年後又是一條好漢。」

臭魚說：「日他奶奶的，就當去找阿豪。咱們哥仨不定在陰間裡又能聚一塊兒去。」

我大笑：「那陰間的漂亮女鬼們可算要遭殃了！」

我跟臭魚站在井邊，一起哈哈大笑。

臭魚說：「我先走一步了，咱哥倆這回真個是黃泉路上走一遭了。」

臭魚話說完，單手撐在井圈上，身子便向井裡躍去。

第六幕　陰謀

藥鋪裡，陳老頭跟那個叫青窈的聖女坐在廳堂裡。兩人對面而坐，互相誰也不看誰，而且一動不動，乍一看，跟兩個假人似的。

過了好一會兒，外面響起輕微的腳步聲，一個男人慢慢走了進來。他走得慢，是因為腿上有傷。

這個男人進來後，直接坐到一把椅子上，而陳老頭和青窈卻站了起來。

陳老頭說：「你的傷要緊嗎？」

那男人不在意地搖頭：「幹成了這件大事，我這點傷算什麼。」

陳老頭面無表情地說：「時間差不多了，那兩傻小子該跳到井裡去了。青窈你到門邊看看，樹底下還有人沒？」

青窈答應一聲，到門邊往外看了看，回頭說：「沒人，估計早跳下去了。」

傷腿男人哈哈大笑：「這兩傻蛋。老陳，待會兒咱們搬幾塊石頭過去扔井裡去，他們就算僥倖還剩口氣，我這回也讓他們死翹翹。」

陳老頭點頭：「這兩人夠傻的，都告訴他們了，那井是通往陰間的，他們愣是還敢往裡跳，這就是典型的茅房裡提燈籠——找屎。」

傷腿男人探頭往裡屋看了看，道：「藤明月哪去了，那兩傻蛋都跳井裡去了，她也不用再藏著掖著了，讓她出來透口氣吧。」

青窈答應一聲，去了裡屋，沒多一會兒，領著一個女人出來，正是方才青窈故事裡，已經被她殺死的藤明月。

藤明月端著一個茶盤，出來給阿豪陳老頭還有青窈倒上了茶，一臉輕鬆，笑嘻嘻地問：「都死了吧？」

傷腿男人——他當然就是我們那個死黨阿豪了——美美地呷一口茶，又醇又香，真是好茶。他得意地道：「咱們計畫得這麼周詳，你說他們要是不死，我們還混個屁啊？」

「我日你一家大爺！」忽然一聲大吼，屋裡幾個人全都怔了一下，就見房門被人一腳踢開，風風火火地闖進兩個人來。

不用說，來人正是我跟臭魚。

屋裡人全傻眼了，特別是阿豪跟藤明月。但阿豪久經沙場，臉皮早就比城牆還厚了，這時候居然還能勉強笑笑，丟下藤明月，上前一步，道：「你們哥倆回來啦。」

臭魚大罵：「我日你全家大爺，我們哥倆命大，到陰間轉了一圈，陰間的大鬼小廝說你還沒到那兒，所以，我們就回來了。」

阿豪道：「那真恭喜你們二位了，重回陽間。」

這時候，我是不怒反笑，上前拍著阿豪的肩膀道：「今天夜裡，我們已經聽了好多故事，現在，你不介意聽聽我跟臭魚在陰間的經歷吧？」

阿豪陪著笑道：「你說的故事，肯定好聽。」

他順手拉過邊上的陳老頭道：「這故事咱們陳老一定得聽聽，是不是比先前講得那個要好。興許這回能過關，咱們就能帶點寶貝兒回去了。」

陳老頭沉默不語，但神色已經極為不安。那邊的藤明月和聖女青窈轉身欲走，無奈臭魚已經搶先攔到她們前頭：「這故事特別有趣，你們也坐下來聽一聽吧。」

我大模大樣坐下，清清嗓子，開始講故事。

我跟臭魚繞著柳樹轉了三圈後，便跳到了井裡。

站起身來，發現自己在一條大路中間，旁邊是條奔流洶湧的大河，道路的另一側是漆黑一片，路上行人都朝著一個方向走去，那裡不遠處有座城闕，樓閣重重，大得看不到盡頭。

路上的行人，哦，不是行人，應該說是路上的枉死鬼們，目光呆滯，只顧向前走。

臭魚問我：「你說等聖女的靈魂再次進入門之內，這事是不是就算告一段落了。」

我答道：「不知道，不過唯一可以確定的就是這世界上確實是有一批英雄存在。她們很值得尊敬。」

臭魚又問道：「這城裡都是什麼人？咱們能不能見到阿豪？」

我看著那城說道：「不知道，我也是頭一回聽說還有這麼個地方，從這名字上來看，枉死城裡的鬼可能都是些非正常死亡的人，就是說不是壽終正寢的。阿豪的靈魂被捲進了異界的漩渦。」

臭魚笑道：「那這世上的大部分人恐怕都要來這裡了，現在這世界有幾個能得享天年的人。」

我忽然一指前面的一個亡靈，對臭魚說道：「我怎麼看她這麼眼熟？」

臭魚順著我指的方向看去，說道：「哈，陸雅楠。」

我二人緊走兩步，趕上前面的陸雅楠。

陸雅楠聽到後面有人叫她名字，回過頭來，淚流滿面，楚楚可憐。

臭魚趕緊安慰她說：「妳還好嗎？既然死後還有靈魂，看來死亡也不是很可怕，下輩子希望妳還能長這麼漂亮。」

陸雅楠只是在哭，不肯說話。

我突然想起一事，問道：「陸雅楠，妳做過什麼對不起自己良心的事嗎？」

陸雅楠哭著說：「我……我上初中的時候，家裡的奶奶癱了，父母整天忙著照料奶奶，沒空陪我，而且家裡的錢都給奶奶看病了，我很久沒買新衣服，我就把奶奶……從樓上推了下去。」

我和臭魚見她做過這種事，都非常鄙視厭惡，但是看她哭得可憐，好像已經悔悟了。

於是臭魚說道：「妳已經付出相應的代價了，下輩子好好做人吧，妳還有什麼心願嗎？我們回去幫你完成。」

陸雅楠忽然倒在臭魚懷中，趴在他肩頭哭泣：「我好餓，想吃人。」

露出滿口獠牙，一下子咬掉臭魚肩頭一大塊肉。

臭魚被咬掉一大塊肉，疼得大叫，我馬上想起衣服裡的銅鏡，扯開衣服以銅鏡對準陸雅楠，隨著她一聲悲慘的叫聲，她看到了自己被夜叉惡鬼撕掉四肢的情形。

巨大的恐懼，嚇得陸雅楠的亡靈消失成一團氣體，慢慢地被風吹散。

臭魚破口大罵，我給他包紮了傷口，還好他皮糙肉厚，掉塊肉也不算什麼。

我們的舉動引起了周圍亡靈的注意，我看見遠處有幾個鬼差模樣的傢伙，在仔細地打量我和臭魚。

我心中暗自擔心，不過那幾個鬼差還是向我們走了過來。

我不等對方說話，就拉住一個頭領模樣的中年胖鬼閒聊：「這不是首長嗎？您怎麼有空來下面視察工作？」

那個胖鬼差都懵了，不知道我的話什麼意思，問道：「啊……你們這兩個小同志是？」

我說：「您不記得我了？上次人大的工作報告您講的可真是精彩極了，我覺得您這小嘴兒也太能侃了，聽了您的報告，我還以為我生活在美國呢。」

胖鬼差可能以前還真是在機關工作的幹部，顯然是聽慣了奉承話，馬上就美得飄飄欲仙，嘴裡還謙虛起來了：「哎呀……這個這個，都是離不開黨和人民的培養嘛，你這個小同志，不要搞什麼個人崇拜嘛，咱們隨時要保持先進性啊。驕傲和自大這兩個壞思想，你一不小心他就跑出來作怪。」

臭魚也不是傻子，知道此刻形勢危急，被鬼差抓了可大大的不妙，也拍起了馬屁：「首長，我最大的心願就是和您握握手，您一定得滿足我這小小的願望，要不然我吃肉都不覺得香。」

胖鬼哈哈大笑，和臭魚連連握手，殷切地勉勵臭魚好好學習天天向上。

我繼續對胖鬼說：「您說美國總統也夠沒腦子的，他要是請您去抓賓拉登，那老小子還能跑哪去啊？首長您可真是文武雙全啊。」

我看差不多把他侃暈了，就說道：「首長，您工作太忙，我們不打擾了，耽誤您的時間，簡直是耽誤人類社會的進步啊，回頭見了您了。」

胖鬼糊里糊塗地和我們二人揮手告別。

我們得以脫身，找到個僻靜地放聲哈哈大笑，臭魚說：「這傻B，日他大爺的，他他媽的真拿他自己當領導了，哈哈哈哈。」

二人正得意中，忽然身上被幾隻手抓住，隨即被繩捆鎖綁，原來那幾個鬼差去而復返，把我們兩個捉了起來。

不由分說，被帶到了城中一處所在，一名官員坐在堂上，厲聲喝問：「你二人是什麼人？」

臭魚心想，都這時候了，反正要想活命就得掄圓了吹，於是大聲說道：「我們二人乃是美籍華神，來你們這考察學習，交流技術。有玉皇大帝發的護照，你們竟敢無禮，待我回去，告訴你們上級有關部門，讓你們這些傢伙全部下崗。」

我眼前一黑，心想：「此番必死無疑了，臭魚這個笨蛋，有你這麼吹的嗎？太不靠譜了。你他媽的見過玉皇大帝嗎？人家兩句話一問，就能把你盤倒了。」

那官員聽了之後，果然大怒：「大膽狂徒，死到臨頭還信口開河，不用大刑，量你不招，左右，給我打！」

一聲令下，擁出十多個鬼差，放翻臭魚，掄起棍子就打，直打得臭魚一佛升天，二佛出世。

我怕再打幾下，臭魚就要嗝屁招涼了，情急之下，也顧不上別的，張口就喊：「大人饒命啊，我們從實招來，其實……其實我們是……火星人！」

堂上官員聽到我說話，端詳了半天，說道：「表弟，想不到你我二人還有相見之時啊。只不過你為何到了此處？」

我聽他這麼說，連忙抬頭細看，原來那官員是0311，我大喜過望，這回有救了。

雙方各敘別來之情，原來那日在看守所一別之後，0311心願已了，到了陰世，由於他忠孝仁義，被任命為這城中的判官。

我記得陳老頭囑咐的時間，向0311問明了那城中柳樹的位置，撒淚而別，和臭魚急忙離開。

匆匆趕到樹下，把紅線繫上，估計時間也所剩無幾了。

這時被臭魚踢下石梁而死的黑貓亡靈突然出現在臭魚身後。

牠這次恨極了臭魚，張口就咬斷了臭魚腿上的紅線，然後轉身逃走。

我和臭魚呆呆地對望著，透骨的涼意從心底傳出。

臭魚搖搖頭，苦笑著說：「大風大浪都過來了，最後小河溝裡翻了船，我操！」

我一句話也說不出來，我終於要失去最後的夥伴了。

我們緊緊抱在一起，臭魚說：「回去之後好好活著，把我和阿豪的份都活下去。」

我點點頭，仍然說不出話，臭魚的身體逐漸變成一團氣體，和陸雅楠一樣消失在空中。

我繞著柳樹轉了幾圈，我的心好像已隨著他們去了異界，腦中全是同伴的影子，忽然腳下踩空。

我又回到了現實世界，然而在我從地上爬起來的一瞬間，我的身體像是被一個無比巨大的力量吸住，向上面掉下去，我腦中忽然靈臺清明透徹，我明白了啟示中的旋轉圓圈是什麼意思了。

然而緊接著，我的身體和記憶似乎被撕扯成了無數碎片，以超越光速的速度飛行，然後又在空中重組。

我猛地坐了起來，發現已經站到了藥鋪的門口。

阿豪使勁拍巴掌，那邊的陳老頭也不住點頭讚道：「這故事好。」

我得意洋洋，為自己這麼短時間內，便能編出這麼一大通故事來感到驕傲。我說：「今晚我們大家講的這些故事，收錄在一塊兒，足夠出一本怪談的小說了。我剛才這故事用來結尾，再好不過了。」

阿豪點點頭，說：「如果結尾稍稍改一下我覺得更好。」

我好奇地道：「你有什麼好主意？」

阿豪道：「改成你們從陰間回來，並不是站在藥鋪門口，而是坐在藥鋪裡面。藤明月正在給我們講她們家祖先藤子季泡妞的光輝事跡，這樣一個開放式的結局，主人公被時間的漩渦吞噬，又回到了兩點整，一切都重新洗牌，是不是要有趣得多？」

我想了想，點頭讚道：「你這小子確實有點鬼才，不當作家可惜了。」

阿豪忽然面露羞澀之色：「其實我還真寫了點東西，貼在網上，還真有不少人來看，也有出版商來找我出書，但我挺不屑當一個作家的，作家早就跟流氓差不多了，沒人會把流氓的標籤貼自個兒腦門上吧。」

臭魚忽然插了一句：「《鬼吹燈》，我知道，那玩意兒是你寫的。」

阿豪繼續作羞澀狀，跟才出校門的大學生似的。

我臉色一沉，厲聲道：「可你這小子實在太不地道了，我們哥倆把你當成親兄弟，你卻設了這麼一個局來害我們。你說你要害我們就好好害吧，拎把刀子往胸口扎，哥兒們不怪你，可你偏偏想出這麼一個餿主意來，讓我們自個兒去死。我們真要跳井裡去了，讓別人知道，我倆這麼個死法，明白人知道是你害的，不知底細的人，還以為我跟臭魚有什麼不正當關係，跑這鬼地方雙雙殉情來了。」

阿豪臉上居然還能帶著笑：「放心，這事臭魚的那些妞會還你們清白的。」

臭魚一巴掌搧他臉上去，嘴裡罵：「我瞅你這種無恥的小人就鬧心。」

阿豪撫著臉，看都不看臭魚，衝我道：「現在，我真有件事，一定要當面好好請教一下。平時我們擱一塊兒混，我沒覺得你哪兒比我聰明啊，你是怎麼識破我這計畫的？」

我仰天大笑，得意至極。阿豪布的這個局不能說不巧妙，換了誰身在局裡，經歷了那些怪事之後，都不得不相信陳老頭編的那一套謊話。起初，我也真的以為這世界上有鬼，特別是金甲紙人和阿豪的死法，更讓我覺得我來到了一個屍家重地。但是，真正讓我確定這一切不過是場騙局的，是因為所謂的聖女青窈講的那個故事。

阿豪奇道：「那故事是我幫著編的，難道裡面有什麼破綻？」

我說：「當然有破綻。如果她真的殺死了藤明月，那麼，我們在那棺材裡看到的屍體就應該是藤明月，而不是陸雅楠。」

阿豪道：「那可不一定，也許藤明月被殺死後，隨便棄屍荒野。」

我點頭：「沒錯，這藤明月屍體確實不一定非得出現在那口棺材裡，但是，陸雅楠的屍體在棺材裡出現，那就有問題了。」

阿豪不解：「有什麼問題？」

「你還記不記得，當時藤明月講完故事，我們發現陸雅楠出去好長時間沒回來，那時，是你自告奮勇出去查看，回來後，又是你告訴我們說發現了大腿、胳膊，並說那可能是陸雅楠的。」

阿豪恍然：「我倒忘了這碴兒，不該啊，真不該。」

「後來我們一塊兒出去，只是遠遠地看到了你說的大腿和胳膊，因為先入為主，再加上深更半夜大雨滂沱，誰也沒興趣仔細看死人的殘肢，因而，你帶給我們的第一份恐怖由此開始了。」

臭魚在邊上大叫：「那死人胳膊、大腿，肯定是假的，現在服裝店裡的模特兒，隨便拎一個來扔草地裡去，瞅著都跟真人似的。」

阿豪點頭：「那些玩意兒，其實一開始就裝在我們車裡，臨來前，我花了八十塊錢在小商品批發市場買的。你們看到草叢裡那一堆，其實都是從塑料模特兒身上拆下來的，有些腿骨什麼的，那是陳老頭閒著沒事，不辭辛苦從附近墳地裡挖出來的」

我說：「那麼我們後來在那間密室裡見到的人肉牆，也是假的了？」

阿豪笑道：「大部分是假的，但也有真的，只不過真貨不多，要知道，這種開黑店殺人越貨的活兒，他們幾個雖然幹過十幾二十回，但要聚那麼多屍體，也挺不易的。」

阿豪這樣說，就表明他此刻已經不想再對我們隱瞞什麼了。我挺滿意，這小子就是識時務，知道這會兒再死槓已經沒什麼意義了。

我繼續往下說：「我又想到，後來在那家密室裡，看到那堵人肉堆起來的牆，藤明月上前抱著一具屍體，認定了那就是陸雅楠的身子。既然陸雅楠已經被分屍，我跟臭魚後來怎麼會在棺材裡看到她完整的屍體？所以，我就認定了，藤明月跟你是一夥的。」

那邊的藤明月垂下頭來。

阿豪嘆道：「我現在才知道，原來我們三個人中，還是你最聰明。不錯，藤明月跟我是一夥的，這件事，她也是主謀。我們在網上認識，聊了三個多月，說到這件事時，我們一拍即合。我想殺死你們倆，而她，卻想殺死她的一個學生。」

阿豪轉身衝著藤明月道：「事已至此，也沒什麼好隱瞞的了。妳為什麼想殺死陸雅楠，就算妳不想說，他們也會打破砂鍋問到底，還不如妳痛快點告訴他們了。」

藤明月恨聲道：「那個死丫頭該死，我早就想她死了。」

原來藤明月跟丈夫，都是一家師範學校的老師，本來夫妻倆相親相愛，一直是老師和學生們眼中的模範夫妻，但是，自從陸雅楠來到學校後，不知怎麼回事，跟藤明月的丈夫是王八看綠豆，對上眼了。兩人開始還是私底下來往，後來被藤明月在床上堵到一回後，兩人竟然不知廉恥地公然出雙入對，一時在學校裡鬧得沸沸揚揚。藤明月出生書香門第，顧及面子，不願自己再成為別人口中的話題，故而只求息事寧人，對丈夫與陸雅楠苟合之事，不再過問。事實上，她心裡對陸雅楠恨之入骨，恨不得扒皮抽筋，方解心頭之恨。她在網上與阿豪結識後，立刻臭味相投，決定玩一回殺人遊戲。

她開始改變對陸雅楠的態度，有時候還會主動給她方便，把丈夫的時間讓給她。這樣，陸雅楠也順水推舟，假意跟她親近起來。兩個女人各懷鬼胎，都抱著不可示人的目的。這回，藤明月以放棄丈夫為理由，引得陸雅楠跟她一塊兒出門，帶她來到這陳老頭的藥鋪，終於將她殺死。

「其實殺死陸雅楠的是青窈。」阿豪接過來話題，並且指著陳老頭與青窈道，「這二位我還沒有正式向你們介紹過，但他們的故事你們肯定不感興趣，所以，我在這裡只告訴你們他們的真正身分，你就會明白，他們為什麼會幫著我殺人。」

我跟臭魚對這問題確實非常有興趣。

阿豪說：「因為他們倆本來就是逃犯，殺人犯。他們倆現在的名字，還在網上通緝的人員名單裡，當然，還有那個被你們燒死的金甲紙人。我們一塊兒發現了這個村莊，發現了地下的古墓。不知道為什麼，村莊裡空無一人，我們來時，只發現了一個小男孩，就是你們見到的假扮陳老頭孫子的小傢伙。從他嘴裡，我們猜測這裡可能發生過一場瘟疫，全村人死得差不多了，剩下的人也逃往外鄉。於是，他們幾個就在這裡安定下來，我給他們提供生活方面的物質幫助，他們幫我殺人，這也算是各取所需，互相幫助吧。」

我瞪他一眼，道：「你可正謂處心積慮，我們哥兒幾個平日裡處得還不錯，你為什麼想要殺死我跟臭魚？我們哥倆殺你爹媽了，還是搶你媳婦了？」

阿豪啞然失笑：「就算你真殺我爹媽、搶我媳婦也沒關係，但實際上我在外面欠了債，很多，多到只有變賣了我們公司才能還上。但這公司是我們三個人辛辛苦苦創辦的，你們倆又怎麼會讓我賣了它來還債呢？」

臭魚大罵：「我就一把火燒了公司，也不會便宜你這兔崽子。」

阿豪仍然非常沉得住氣，根本不理臭魚，衝著我道：「我想出了這樣一個殺人的法子，自己不動手，等著你們倆往井裡跳。我自己都不得不佩服我自己的奇思妙想，但我真的沒料到，你們竟會在最後關頭，識破我的計謀。」

我哈哈仰天一笑：「別得意了，盡往自己臉上貼金，你這奇思妙想，中間其實還是有很多破綻的。」

阿豪一臉嚴肅，好奇地盯著我看。

我繼續道：「當我看到陸雅楠完整的屍體，我就開始懷疑今晚發生的這一切。這世界上原本沒有鬼，這是，今晚我們卻陸續遇上了那麼多詭異的事件，非得用鬼怪才能解釋得通。我暗中琢磨，特別是開始懷疑到你跟藤明月後，忽然一下子就想明白了。」

這事就像骨牌，你想通了一節，剩下的自然就會迎刃而解。今晚發生的這些事，最詭異的莫過兩件事，都跟靈異事件有關。第一件是我們出門去尋陸雅楠，後來阿豪獨自回藥房方便，被那石像化成的女子壓倒在地。他明明抱住的是個女人，怎麼可能變成石像？第二件就是所謂的阿豪之死，那列在山洞裡一節節消失的火車，更是只有鬼片裡才會出現，你根本就沒法用現實的邏輯來解釋。但是，當我開始懷疑阿豪和藤明月時，忽然發現這兩件事，我根本就沒有親眼見到，它們都是阿豪和藤明月嘴巴說出來的。這下就很清楚了，那兩件事，就跟我們今晚講的那些故事一樣，不過都是虛構出來的。

這樣一想，其他詭異事件，那就更加清楚了。比如那金甲紙人，在我丟掉書裡夾著的小人書籤後出現，讓我們誤以為他是那小人書籤所變。但實際上，他完全可能是人扮的，躲在暗處，待我丟掉小人書籤後，及時冒出來嚇唬我們；陳老頭的小孫子，也根本不是什麼鬼魂，不過是聽了大人的話，當我們用米撒向他的時候，他裝作非常害怕；還有那巨大的聲響，現在想更是簡單得出奇，只要一臺大功率的錄音機就能辦到。

由此，我便判斷這一切都是假的，又怎麼會相信陳老頭的話，往那口井裡跳呢？

實際上，當臭魚手撐住井圈，即將縱身一躍的時候，被我一把抓住。我把我的所有想法都告訴了他，臭魚當即便怒不可遏，但我還是勸住了他，拉著他躲到了樹後。然後，料到這陰謀的策畫者以為我們已經死去，這才悄無聲息地潛回藥鋪外面。聽到裡面阿豪幾人的談話，臭魚終於隱忍不住，踢開門衝了進來。

事已至此，真相大白，讓我納悶的是，阿豪為什麼還一點都不慌張，一副胸有成竹的模樣。這讓我心裡不踏實。我問他：「你是不是還有啥招沒使了？」

阿豪重重地搖頭，臉上的笑意卻更濃了：「真沒啥招了，連這個局都能被你識破，我還能有啥招？不過，現在屋裡的情形你們該清楚，你們只有兩個人，我們卻有四個人，雖然我這人小時候學過武，但我跟臭魚不一樣，我挺討厭暴力的。」

臭魚罵：「我打破你龜兒子的龜頭，看你到底學過啥武。」

阿豪衝他道：「別急，待會兒有你練的時候。」他又轉向我，繼續道，「這屋裡的力量懸殊，你應該能看得出來，就算我們四個男人分成兩撥鬥個旗鼓相當，但我們這邊還有兩個女人，藤明月就算了，可你千萬別小瞧了青窈。知道她為什麼會被公安通緝嗎？告訴你，她可是典型的現代古惑女，她跑路的原因，就是在街頭一把刀殺了兩個小混混。」

臭魚指著阿豪的鼻子叫：「就你那傻B樣，仨捆一塊兒也不夠我塞牙縫的。」

我揮手止住臭魚。

阿豪說的話不能說沒有道理，如果真幹起來，我跟臭魚勝算真不多。再加上他們幾個陰謀敗露，必定會在最後全力一拚。臭魚當然也明白這理，他現在只是在虛張聲勢，給自己壯膽兒。

但是，我知道，今晚的事情，還有另一種解決方式。

我穩穩地坐到了椅子上，慢條斯理地衝著阿豪道：「早就知道你跟我不是一個檔次的，計畫失敗便氣急敗壞要動粗，粗人就是粗人，甭看你平日裡穿西裝打領帶，沒事嘴裡還冒兩句西班牙鳥語唬弄小姑娘，但你骨子裡，就是一粗人。」

阿豪臉色有點不好看，他不明白我的意思，所以沒有開口。

「我告訴你，今晚咱們根本不用拎傢伙互毆，也能解決問題。到時，你也會知道什麼叫真正的智謀。」我說。

阿豪冷著臉，有點不自在了，他說：「那你還等什麼？」

我笑：「當然是等一個可以公布謎底的時候？」

阿豪說：「我覺得現在已經是好時候了。」

我含笑不語，目光在他身後轉了一圈，看到陳老頭跟那個古惑女青窈身子忽然晃了兩晃，我就笑得更開心了。我說：「我同意，我也覺得時候差不多了。」

這時，阿豪臉上忽然變色，他踉蹌了一下，跌坐到椅子上，手指著我，顫聲道：「你這王八蛋，都做了什麼？」

邊上的臭魚這時也一臉不解。

這時，場中的陳老頭和青窈已經站不住了，摔倒在地，動彈不得。椅子上的阿豪也是一動不動，只是勉力支撐著身子，神色顯然已經氣急敗壞。

我沒有說什麼，只是伸出手去，輕輕攬住了一個女人的腰。

「你們知道嗎，這是個喜歡撒謊的女人，她跟你也撒謊了。」我說。

被我攬住的藤明月這時候笑得極嫵媚，身上散發著那種讓我陶醉的成熟氣息。沒錯，藤明月騙了阿豪，她的丈夫根本沒有跟陸雅楠上過床，那個老實巴交的高校老師，嚴肅且正統，這輩子別說婚外戀，就連A片都沒看過。事實上，藤明月想殺死陸雅楠，是因為陸雅楠發現了她的祕密——哪個女人跟一個死板的男人生活在一塊兒，都會覺得無趣的，所以，當藤明月認識我之後，我們倆很快就滾到了床上。不幸的是，陸雅楠發現了這段姦情，並且，不斷地要脅藤明月，這樣，才導致我們動了殺機，要殺死這個小姑娘。

阿豪這回算是澈底被打倒了，他不相信地瞪著藤明月，口中想說什麼，但卻已經發不出聲音了。他眼珠一翻，脖子一仰，澈底暈了過去。

故事到這裡就該結束了，聰明的讀者到這裡，自然應該清楚，我剛才跟阿豪說了那麼多，不過是在拖延時間。從網上郵購的蒙汗藥效果根本不像說明書上吹噓的那樣，三、五分鐘就能把人放倒，所以，你們以後在網上郵購任何東西都得小心，奸商無處不在呀。

蒙汗藥下在了藤明月端來的那壺茶裡，當時我跟臭魚還沒有登場，阿豪與陳老頭、青窈以為計畫成功，所以得意洋洋，根本沒想到同夥藤明月端來的茶裡會下藥。

現在，我跟臭魚繼續經營我們那家公司，沒有了阿豪，生意照樣做得紅紅火火。週末或者任何一個晚上，我會打電話給藤明月，我們找個僻靜的地方約會，或者直接去賓館開房，把他老公蒙在鼓裡。

臭魚是我的好兄弟，他經過那件事後，對我佩服得五體投地，總說要沒我，他肯定已經待在那口井裡給貞子姦一百多回了。他除了泡妞的時候不聽我的，公司裡的事，基本上對我言聽計從。我們倆合作，非常開心。

至於阿豪，還有陳老頭和青窈，你們最好忘記他們。他們已經從這世界上消失了，如果有一天你們經過那條偏僻的道路，發現路邊有家叫作「慈濟堂老號藥鋪」的平房，千萬不要進去，更不要去那棵柳樹下。樹下的井裡有沒有貞子不知道，但至少，裡面會藏著三個鬼魂，惹上了他們，必定凶多吉少。

我的日子過得非常愜意，直到有一天早晨，我剛剛從睡夢裡醒來，忽然聽到外面響起急促的敲門聲。我穿著睡衣開門，看到外頭站著幾個穿制服的警察。

「靠，你個大男人穿花睡衣，變態呀。」一個小警察罵。

我有點愣了，不知道我穿花睡衣關這些警察什麼事，他們一大早，興師動眾地找上門來，難道就因為我穿件花睡衣？

更為離譜的是，這些警察，後來居然還拿銬子把我銬上。我準備待會兒打電話給我的律師，問一下穿花睡衣，到底觸犯了哪條法律。

全書完

雨夜妖譚

附錄

關於「門」，絕非危言聳聽，我不知道門是否真的存在於世間，這種傳說在中國並不多見。

然而在中國的鄰邦印度，一衣帶水的日本，遠隔萬里的歐洲，德國、英國都確實有拜門教派的存在。

他們幾乎無一例外的被當作邪教，行事十分詭祕。而且不同教派對「門」的稱呼不同，解釋也各不相同。

印度宗教中認為：我們所在的世界是神靈的夢境，神的夢醒來之時，就是世界的末日。而神與神之間不同的夢境，會有聯繫。在夢的間隙有一種吞噬夢境的蟲子，也就是「波比琉阪」。

日本的宗教認為：門是通往黃泉的通道，黃泉者，地獄也。這是比較容易讓人接受的一種解釋。

歐洲的宗教則認為：門是讓撒旦回到現實世界的通道，有朝一日，撒旦會重新回來統治世界。

美國的科學家則認為：各種宗教中所提到的門，應該是一種異次元通道，連接著不同的宇宙。

這些宗教無一例外的對門進行殺人的祭祀活動，文化背景的不同，殺人的方式也各異。

印度是需要高僧的鮮血，日本是進行五馬分屍，歐洲則是用銅棺刺身體的鐵處女。

附錄2

關於儀式，我發現，人類在殘殺自己同類的時候，都有超高的想像力和創造力，而且都能找到很好的藉口。

祭祀，披著神聖外衣的血腥行為。

還是先說印度，為了不讓梵天的夢境受到干擾，教中會派七名僧侶進行苦行修業，十六年之後，他們回到寺院，選出最傑出的一個苦行僧，用鋒利的貝殼，一點點挖淨他的血肉骨髓，每挖掉一點肉，就扔進「門」中，用高僧的血肉和佛法，這種方式就稱為放神，其意為釋放原神的意思。放神儀式可以平息門的震動長達十六年。儀式之後，新選出的七名苦行僧，出門旅行修業。

歐洲方面，則同故事中描述的形式差不多，由聖女的鮮血，以及罪人的屍體砌牆來祭祀門中的惡魔，請他晚一些來毀滅世界。故事中對儀式的方法交代很清楚在此就不再詳細闡述了。

〈約翰默示錄〉第六章：「他從門中而來，騎乘著九個頭的獅子，手中利劍指向天空，表示對神的蔑視。」

日本的儀式，在殘忍程度也許上不及前兩者，但是最為詭異，在這裡給大家講一講，他們認為門中的黃泉是「恨」之國，「門」會在舊曆的十二月十三日打開一次，這一天被稱為「禍」，需要犧牲兩個女人，首先舉行的是「目刺儀式」，此儀式是在「繩裂儀式」之前十年舉行。舉行儀式的方法是在十一月二十五日那一天，選出一個七歲零九個月又二十五天的小女孩做為「惡鬼」。儀式的執行者會戴上「鬼面」和這個小女孩玩類似捉迷藏的遊戲，這遊戲叫做「鬼遊」。和小女孩玩捉迷藏的人會慢慢地將小女孩引到執行儀式的地方，等小女孩一到那個地方兩位神官就會抓住她的雙手，再由家主將眼睛部位鑲有兩條尖刺的面具重重地按在小女孩的臉上，隨著一聲悲鳴，儀式宣告結束。儀式的目的是通過刺瞎「惡鬼」的眼睛來削弱「黃泉之門」的怨氣，而用來刺瞎小女孩的面具做為打開「鬼口」的鑰匙，「鬼口」是通往「黃泉之門」正門的入口。這樣就為繩裂儀式做好了準備。

在「目刺儀式」的同時，被用在「繩裂儀式」上獻祭的繩之巫女的人選也會定下來，此時巫女的年齡大約為六歲。在確定選為繩之巫女後，被選中的小女孩就只能一直待在冰室家中不能出去，由神官來照顧她的起居，並向其灌輸身為巫女所要承擔的責任和以後將要做出的犧牲。只有這樣，「繩之巫女」才能在最後「繩裂儀式」上獻身時做到心無雜念，對世間毫無掛念，「繩裂儀式」也才會成功。最後的繩裂儀式有點類似於中國古代中的刑罰「車裂」。在儀式中，神官將巫女放在石臺上，在巫女的頭和四肢分別綁上繩子，每條繩子的另一端都纏在不同的轆轤上，轆轤旁邊有一個可以收緊繩子的機關。儀式開始後，家主和神官就會讓繩子開始慢慢收緊，越來越緊……最後，巨大的拉力將巫女撕扯成了六塊，扔進門中。